一千个

A THOUSAND
NAKED STRANGERS

陌生人的

[美] 凯文·哈扎德 ——— 著

钱怡羊 ——— 译

生与死

天津出版传媒集团

天津人民出版社

图书在版编目（CIP）数据

　　一千个陌生人的生与死 /（美）凯文·哈扎德著；
钱怡羊译 . -- 天津 : 天津人民出版社 , 2018.11
　　ISBN 978-7-201-14027-8

　　Ⅰ .①一… Ⅱ .①凯… ②钱… Ⅲ .①随笔—作品集
—美国—现代 Ⅳ .① I712.65

中国版本图书馆 CIP 数据核字（2018）第 199672 号

Copyright © 2016 by Kevin Hazzard
This edition arranged with The Martell Agency
through Andrew Nurnberg Associates International Limited
版权合同登记号　图字：02-2018-382

一千个陌生人的生与死
YIQIAN GE MOSHENG REN DE SHENG YU SI
〔美〕凯文·哈扎德 著　钱怡羊 译

出　　　版　天津人民出版社
出 版 人　黄　沛
地　　　址　天津市和平区西康路 35 号康岳大厦
邮政编码　300051
邮购电话　（022）23332469
网　　　址　http://www.tjrmcbs.com
电子信箱　tjrmcbs@126.com

出 品 人　柯利明　吴　铭
总 策 划　张应娜
责任编辑　玮丽斯
营销编辑　袁崃崃　赵昊锡
封面设计　WONDERLAND Book design 仙境 QQ:344581934
版式设计　山河长诀 @lofter
内文排版　百朗文化

制版印刷　三河市荣展印务有限公司
经　　　销　新华书店
开　　　本　880×1230 毫米　1/32
印　　　张　8.5
字　　　数　190 千字
版次印次　2019 年 1 月第 1 版　2019 年 1 月第 1 次印刷
定　　　价　39.80 元

A Paramedic's Ten-Year Journey to the Edge and Back

一位急救员在危险与荒诞边缘的十年旅程

我想你会看到很多可怕的事物，
事实就是这样。
但试着去看好的那面，
如果你寻找，就一定会找到。

——*蒂姆·奥布莱恩*

恐怖又开始蔓延……
喧嚣的高速公路，窝在座椅里，无人在笑，
交通严重堵塞，以每小时一百五十千米的速度在夹缝里疾驰。

——*亨特·S·汤普森*

再见，地鼠。

——*卡尔·斯巴克，电影《疯狂高尔夫》*

目 录

· **第二部分：新手**

- **第三部分：到达顶峰**

· **第四部分：坠落**

序

我没有采取任何措施去挽救第一个在我面前死亡的人。我只是站在那里，安静地看着，就这么让她离开。她是个白人，年纪很大了，在养老院里渐渐衰老。她的衣服上满是污渍，看得出是因为搅拌坚硬食物时被溅到的。她的去世突然但很平静，我是唯一的见证者，也是她在这世上最后的哨兵，在她穿过那道门之后，帮她把门合上。

她去世的那年我只有 25 岁，已经浪费过两次生命了——一次是失败的销售员，一次是逃亡的记者，紧急医疗服务是我误打误撞进入的第三个角色。那是2004 年上半年，仿佛几个世纪以前了。回想起来，很难相信这一次死亡以及其他无数次的死亡，在某一刻让我生命的意义骤然呈现：要么做一个积极的参与者，要么做一个漠不关心的旁观者。

我对紧急医疗服务生涯中大部分时光的记忆都很模糊——就像从薄雾中透出的微光，只有细节——一些在当时看起来并没有什么特别的细节，反而一直留存着。所以，我拥有更多的是感知而非回忆，是感受而非事实。

　　这就是我现在所有的感受。

　　那是我开工的第二个晚上，我和一个从不回家的人做搭档。他是隔壁小镇上的消防员，做了一堆的兼职，拼命想挣钱。如果他不在这儿或者消防队，那他就在麦当劳的油炸锅前挥汗如雨。就在十点钟前，我们接到养老院打来的电话，说他们那儿有一个病重的女人。我的搭档非常疲惫，我们从电梯里拿出担架，沿着长长的过道走到病房，他一直走得很慢，眼睛耷拉着。我们站在女人的床边。一个护士在我们身后，不停地来回走着，嘴里说着这个女人没有吃晚饭，也没有出来活动，需要送去让医生看看。我帮女人测了血压和脉搏，计数她的呼吸。她的眼睛紧闭着，她的皮肤——很白，像羊皮纸一样满是皱纹——很干很烫。我的搭档跟护士索要女人的档案。我们还没去过没有档案的养老院。住在养老院的人，大多数都没法说话，就算能说话，连最简单的你叫什么名字，也会答非所问，我们不可能得到任何有用的信息。所以我们需要档案，厚厚的马尼拉纸信封里装着他们所有的资料，从病史到亲属的信息都有。更重要的是，我们可以在这个包裹里找到他们的保险信息，以及他们是否愿意接受抢救的嘱托。

　　表面上我们是为了拯救病人来到这里，但我们真正关心的却是不予抢救的嘱托。

不予抢救简直是来自上帝的话语，一式三份，不是由摩西送来的，而是由一个穿着矫形护士鞋的大骨架女人拿来的。在这些文件里，我们可以找到那些令人不舒服，但又必须回答的问题答案。如果她陷入昏迷怎么办？如果她死亡怎么办？我需要采取所有这些措施吗——心肺复苏、电击、插管、在腿部钻洞注射药物，还是就这样看着她挣扎直到生命消逝？她的家人希望怎样做？她自己又希望怎样？就是这样一张普通的纸，它的存在或是不存在，对每个人来说，都意义深远。到了医院，护士会跟我们要这张纸，否则医生连看都不会看我们一眼。在她这个年纪，以她的状况，每个人都会同意抢救，就算那很不文明，很残酷。所以她有不予抢救的嘱咐吗？护士说她有，就在她包裹的最上面，文件的第一页。她离开去取。

这一切的发生，就在我的搭档——他正靠在墙上——试图强打起精神来之前，在我准备拉床单之前，甚至在有人喊出她名字之前。她睁开眼睛——视线浑浊且没有焦点——她抬起头，嘴唇张开，悄无声息地，她放松了下来。她最后一口呼吸随之而去，脸颊上划过一道泪痕。

我立刻知道发生了什么。但真的就这么简单？这么轻易？护士刚刚说过这个病人有不予抢救嘱托，因此学校灌输给我的施救行为，我完全没有启动。相反，我盯着她空洞的眼睛看了几秒钟，寻找那滴眼泪的轨迹——这是她最后的行为——多神奇。就在刚刚，她还是个穿着尿不湿卧床不起的可怜人。而现在，她已经从那件满是污渍的睡袍里抽离出来，拥有时间给予她的智慧。她知道我们为什么来这儿，更重要的是，她知道接下来会发生什么。因为我们一直惧怕死亡那种黑色的空虚感，此刻的我们在她面前是那么的渺小。她跨越过死亡线了吗？也许还没有。

我的搭档总算缓过劲儿来了，可他没有发觉她已经死亡。他朝我走过来，拉住床单的另一头，这样我们可以把她挪到担架上。我需要告诉他，让他决定接下来该怎么做，但我又不太相信自己的直觉。我完全是个新手，从来没有见过谁去世。关于死亡的经验——无论是亲戚或是其他人——都非常有限。如果我的搭档没有发现，那或许她还没有死。

从我们到这儿，女人几乎没有挪动过，现在看起来也没有任何差别。我们使劲儿一拉，把女人挪到担架上。他用被单把她盖起来，扣上安全带，开始推担架。我盯着她的胸部和脸部，想要寻找生命的迹象，但我深深地知道那不可能了。我们拿了她的文件包，确定不予施救嘱托在最上面。我们坐上电梯，迈进寒冷的夜晚。随着一道尖锐的金属声，担架被卡在救护车的底座里。

"我想她已经去世了。"我说。

我的搭档呆住了，他没有看她而是看向了我。

我清了清嗓子，告诉他我觉得她没有呼吸了。

他钻进救护车，看了看，又想了想，有些泄气。如果没有不予抢救嘱托，也许他会做些什么，但有嘱托。嘱托就在那里，起草和签署这份文件，唯一的目的就是为了澄清这个女人在世上的最后时刻，而不是混淆它。如果她是在养老院去世的，我们直接就可以离开，但她现在在这里。死在我们的担架上，在我们的救护车里。

我们蹚浑水了。

他给养老院打电话。我们就在停车场，他说，你的病人去世了。她在你们的救护车上，护士回答他。他们争吵的时候，我正站在车外面。

我们的病人去世了，该怎么处理？医院不接收尸体，养老院也不接收。现在女人死了，没有人想管她。她成了徘徊在天堂和地狱之间的死尸。我的搭档挂了电话，火冒三丈。

他返回养老院，准备去解释、抗辩甚至威胁。我不确定为什么他会把我留下和这个女人在一起。

我坐到救护车里面，盯着女人半开的眼睛。随手拿起文件包翻看了起来，如果我们此刻需要彼此陪伴的话，我至少应该知道她的名字。

她的生日，我看到了，她今年 88 岁。

和一个去世的女人一起待在救护车的后面，真是没什么可做的。我的冷饮就在角落，但我不能去拿。也许我可以和她说说话，坦白讲，她刚刚去世，样子和活着的时候一样，感觉好像只要喊她的名字，她就会醒过来一样。好吧，不是她醒过来，是她的幽灵醒过来，那更糟糕。这听起来也许很傻，只是我敢保证，除了死相很恐怖或严重腐烂之外，尸体该有的恐怖模样她都有，仿佛稍加挑衅，她就会坐起来开始说话。

我决定给家里打个电话。"你还没睡吧？"我问我的妻子。她说她还没睡。她破坏了约定，没有等我就看了最新一季的《黑道家族》。

"你会喜欢的。"

我什么也没说，她问我是不是生气了。我停了一秒才告诉她我在哪儿。我告诉她因为自己的犹豫不决，正单独和亲眼见证她死亡的女人待在一起，我像个逃难的。

　　她问我女人是怎么死的，尽管我知道这不是她想我回答的，我还是说："死得很平静。"

第一部分
计划改变

1

错误的决定

　　六具尸体。他们彼此并不认识——不同的生活，不同的结局，现在停放在六个不同的停尸房。照片可以神奇地把他们全都聚集到这——赤裸地、猥琐地——在急救课程教科书附录 J 上。第一个看起来像是在小睡，其余的不是烧伤，就是被乱棍打伤或是脸上有枪伤。其中还有个孩子。尽管他们不再孤单，可他们不再有名字，唯一被记住的就是他们对西医的贡献。除了他们的眼睛被涂黑之外，其他部分都没有遮拦。坐在我旁边那家伙告诉我，这个女人死于 70 年代。坐在我们后面的一个女孩问我们在看哪一页，这个人——因为还没有拿到薪水，所以他还没有买教科书，他弯下腰，正好凑到我的肩膀上，满嘴的烟味儿喷到我的耳朵里——告诉她翻到附录 J，第 310 页。他说他见过很多尸体，而在我们书上的这些根本不算什么。女孩同意他的说法，"如果你想看尸体，好看的？去互联网上找。"

他们两个人真是臭味相投，还相互吸引，最后，谢天谢地，留下我独自感受焦虑。我重重地合上书，因为额头开始冒汗，又热又晕，满脸通红。有那么一秒钟我感觉自己都要晕死过去了，我嘴里开始分泌口水，我知道，我要吐了。我使劲吞咽了一下，深深地吸了一口气。课还没有开始，门开着，我还可以趁人不注意地离开这儿。逃避？不，你搞错了。我是理查德·尼克松，这就是充满"和平的荣耀"的时刻。老师这时进来了，还把门关上。众目睽睽之下，我无处可逃。

他把包放到桌子上，手撑在胯部，双腿分得很开。

欢迎来到急救技术学校。有谁准备好开始了？

9·11事件时，我还是个记者，我大学相识的妻子萨布瑞娜，正拼命干着她的广告销售的工作。我们住在亚特兰大南边一个小巧又古老的别墅里，一切都很完美，直到世界发生巨变。就在一瞬间，我们都被卷进了战争。几年前我从要塞军事学院毕业，我的许多朋友都参了军。当我正在市议会会议上报道预算削减和司法任命时，我这些朋友们都正在杀敌或战死。一天晚上，我们和曾经率领第一支海军护卫队去伊拉克的朋友一起吃晚餐。当他描述着沙漠、地雷以及他乘坐的直升机飞得低到可以感受到被他们炮轰过的岩石的热度时，我想到了那些我还不曾做过的事。

上大学的时候，我有很多次参军的机会，但我并没有这么做。如今这个念头再次出现，只是还没那么严肃。我还想被考验，想证明自己在面临生死关头的时候是可以扛住压力的。

该怎么做，我说不出来。终于，在一次下水道的灾难中，机会来了。镇上正在建造一个规模庞大的废水工程，一天晚上，通向隧道口的脚手架倒塌，六名工人掉进洞里。我的主编派我去报道救援工作。夜晚很安静，我整夜都盯着洞口，希望可以看到有生还者，但我知道那只会是几具尸体。我报道了关于这个工程、倒塌的脚手架以及死难者的事情。我也报道了那些经过特殊火灾救援训练的救援人员，从他们的样子就知道他们懂得很多，如果不是和参透生命有关，那也一定是和自己所掌握的技能有关。

2002年夏天，一家很小的出版社出版了我的第一本书——一本短小轻松的成长小说。小说一出版，我就离开了记者行业，只是仍和报纸打交道。我成了一名送报员，因为我需要时间也需要钱。就两天的时间，我从写新闻的人变成送新闻的人。我们的朋友都认为我疯了。夜幕里，我开着车到处送报纸，最远到过富尔顿镇，我当时心里所想的都是那些在伊拉克和阿富汗的朋友。渐渐地，我曾经写过的关于医务人员的故事又悄悄潜入我的脑海。

某天早晨我提起这些的时候，萨布瑞娜跟我说："再去读个书。"闭嘴然后行动——这是她解决所有问题的方法。当世界变得脆弱的时候，成为A型人也是让人感到很美好的事。下午我就在互联网上搜索，到了傍晚，几乎是无意中，我在当地的理工学院的网页上报名了急救课程。

这是个仓促的决定，我根本没有医学常识，仅有的一次抢救经验也没有完美结局。那是1997年夏天，我正负责摩托艇旅游业务，两个年轻人骑摩托艇撞到了一起。相撞的时候我没有看见，但我听到一声巨响，我赶到出事水域找到他们的时候，他们正漂在水面上——一个已经吓傻了，另一个嘴巴不见了，眼睛又肿又大，脸部颧骨以下都不见了，血和牙齿滴落进水里，原本是下巴那里的皮肤，现在空荡荡地挂着。那时我还很小，非常恐慌，完全不知所措。我做了一个在急救过程中旁观者最不应该做的事——害怕。

七年之后，我在这里，在急救技术学校，教室门已经关了，课程已经开始。我正准备从事的职业将让我成为急救中的见证者和救援的参与者。我忍不住在想自己犯下了大错。

包括我在内，教室里有24个和周围格格不入的人，他们在这里寻找一份让人尊敬的工作。我们的讲师是艾伦，当急救课程体系还处于初期阶段的时候，他就已经是终身高级急救人员了。他告诉我们那些在漆黑的街道和狭窄的公寓里处理电话求助的故事。故事充满血腥和绝望。他们真实而令人亢奋，同时也让人害怕，因为最终这些死去的病人都将会是我们的病人。尽管我们离那个时候还很遥远，书本上那些照片已经清楚地告诉我们，等在我们前方的会是什么。也许他明白我在想什么，也许我不是这个班上唯一想退缩的人。所以，艾伦开口了，他告诉我们，门就在那里，如果我们不确定自己能否承受这些，现在可以离开。一些人大笑，觉得这个建议简直可笑。我没有和这些人一起笑。我从小到大从来没有想过要当一名急救人员，我甚至都不知道自己会不会喜欢它。我只知道我想参与到真正重要的事情中去。我想知道我已经不是那个在1997年夏天害怕的孩子。我想知道我是个靠得住的人。

于是，我留下了。

2
从零到英雄

现代医学是在灯光下操作的。它是一种应用技术和先进的诊断方法，是在光纤速度带动下急速运转的数字大脑。通过超声波和声波图、血液检测以及放射检查，使得人类的智慧得到极大的拓展和延伸，实现了超越人类的能力。病人在受到严格控制的无菌环境中得到治疗，在这个过程当中，责任制度、医疗程序、治疗方案以及分级系统都是必须严格遵守的。

精确、干净、理智。

而紧急医疗救援跟这些根本八竿子打不着。

按照艾伦所说，急救充满了疯狂和瑕疵。就像我们的病人，有些是危险的，有些是疯癫的，有些甚至还有传染性。艾伦描述这份工作就像是 20 世纪的上门出诊服务——他说病人不会自己来找我们，我们得去找他们，而我们在哪里找到他们、如何找到他们，就是故事的其中一部分了。一旦进入这个领域，我们就不能期待有外援，不会有实验室的团队等着采集组织样本、血液样本或是粪便样本。我们只有一个手腕血压仪、听诊器、手表和手电筒。我们会拥有一般常识和八个月的在校经验。艾伦保证，一旦我们的课程结束，我们就会发现紧急医疗救援很简单，并不复杂，而且还相当有私密性，因为一个病人在一千瓦荧光灯的照射下死在医院病床上，和在家人的注视下死在客厅地板上，绝对是完全不同的。然而，艾伦认为，紧急医疗救援最重要的不是处理在熟悉和混乱的环境里死去的人，而是我们知道我们明天还会再回来，因为就算这里——由于毫无心理准备的死亡而充斥着歇斯底里的哭喊——我们还是会听到隔壁传来婴儿的咳嗽声。

为了做得更好，艾伦说，我们不仅仅是救治病人——我们必须研究他们。学习他们的语言、他们的习惯、他们所住的街区和房子的类型，还有他们特殊的信仰、恐惧和弱点。他们中的很多人会跟我们完全不同，跟我们所遇见过的人完全不同。当然，他还说，的确有一些神志正常的、情绪稳定的中产阶级，甚至一些有钱但很无聊的人会打电话来求助，不过在紧急医疗救援这个颠倒的世界里，这些都是边缘分子。担架上的升降架都被那些每天因为各种奇葩理由打来电话的人用坏了，我们被邀请进入他们不同的生活，我们就不仅仅要治疗他们、拯救他们、宣布他们死亡，同时也要向他们学习。

艾伦开始回顾教学大纲，而我的思绪开始神游，在教科书上涂涂写写。我思考着他所说的，然后开始做白日梦，想象自己碰巧置身于异域文化之中，从自己所处的时间和空间中抽离。想象那些被发现的文物，我小心翼翼地把它们挖掘出来并分类，我会如何放置它们以便将来在我记忆的博物馆里看到它们。

在教科书的空白处，我写下：紧急医疗救援就是现代人类学的一剂良药。我盯着这句话看了一会儿，在上面画了一个圈，又打了一个问号。

"好的，"艾伦说，"我们休息一下。"

我们的课程3月开始，12月结束，这样的紧急医疗救援课程的学习——最惨的情况就是，被派去救你命的两人小组中的一人——就只学过八个月。我们学校充其量就是一个认证课程，不包括学位授予、加入学会或是其他的附加价值。第一个晚上我买了一本精装的教科书，还附送了一本练习簿，里面把学习资料规整地分了块——医疗应急（全部包含）、外伤（各种各样的意外伤害和故意伤害）、心肺复苏认证以及一个有关处理中型货车携带有毒物质泄漏的政府课程。

艾伦从跟我们讲解作为紧急医疗救援人员到底是什么角色，需要做什么开始了他的课程。我们需要会包扎、会绑夹板，需要在伤者脊椎骨折的时候固定住他。如果有人呼吸停止了，我们要打开氧气阀，给他供氧以及通风。他说，接下来的几个月，我们将学习海姆立克法并拿到心肺复苏术证书。他会教我们怎样驾驶救护车，什么时候使用顶灯和警报，怎样在车流中穿梭——当救护车撞毁的时候——怎样用救生钳把通道打开。艾伦解释说，作为紧急医疗救援人员，我们会是救护车上的初级成员、学徒、在医务人员的指挥下的行动者。医生——作为医护人员在这个行业被人熟知——他们需要在我们的基础上再多学习18个月。他们可以在病人有各种病痛的情况下使用更多的药物。他们需要懂得十二导联心电图——掌握心电活动的细节。一旦病人停止呼吸，医护人员会负责插管——把呼吸管通过声带插入气管是一门艺术，用可怕的两块板电击心脏救命也是医护人员的事情。

艾伦说紧急医疗救援人员和医护人员都可以开救护车，但如果病人情况糟糕，需要特殊治疗，那么医护人员就必须待在车后部负责照看。如果遇到严重的紧急医护情况，医护人员将会提供帮助。如果事情足够糟糕，有些时候的确会发生，医护人员将是你最后求助的对象。

每一位医护人员都是紧急医疗救援人员出身，而几乎每一个紧急医疗救援人员最终都会返回学校继续学习，最终成为医护人员。尽管有终身紧急医疗救援人员的存在，但那都是极少数——因为升级成为医护人员，时薪能增加十美元。艾伦告诉我们，在有些州，一辆救护车上会有两名紧急医疗救援人员——作为最基本的生命保障——但是在佐治亚州，全部911救护车都是最高级的生命保障，意思就是他们会配备至少一名医护人员。由于预算的关系，很少有救护车会配备两名医护人员。可艾伦向我们保证，我们不会仅仅是低收入的那一群，紧急医疗救援人员的存在，就像是安全开关。他们起到眼观六路的作用，药物剂量和除颤器的设置，在他们的脑海里都是井井有条的，他们可以把复杂的问题简单化。"请注意，"他说，"这不仅仅是你们的工作，也是你们的法律义务。"

最终的结果是，在我们毕业之前，我们仍然可以是事不关己的路人，如果在我们企图施救时伤害到他人，我们还是会被见义勇为法案保护而免于被起诉。不过，一旦我们毕业，成为正式的紧急医疗救援人员，我们就不仅仅是民事诉讼里被指责的对象，还包括无论我们是不是在值勤，都必须在任何情况下对需要救助的人施救。

当他告诉我们把书翻到第一章的时候，教室里安静得只听到沙沙的翻书声。

第一次课间休息的时候，我遇到了布莱恩，他在摩托车修理店工作。干得有些腻了，想要找份新鲜的工作，成为紧急医疗救援人员或是消防员，说白了，任何听起来比修理工更好一些的工作都行。布莱恩不停地抽烟，而我就讲一些小笑话，渐渐地，我们吸引了其他几个人的加入，组成这个课程中的联盟小组。除了我和布莱恩，我们哥们儿几个中有高中时是篮球明星的贾斯汀；壮实、很容易激动、需要在跑道上消耗多余能量的乡下人兰迪；还有不睡到下午两点不起床的兼职邮递员蒂姆。

我们几个人当中没有一个人有迫切的原因必须要来这里，都是有一种模糊又难以名状的理由，也许，我们都认为这是一个很酷的工作。这也许是艾伦不想听到的，但据我观察，这种想法非常普遍。关于所有的英雄、牺牲、无私奉献的言论，紧急医疗救援只不过是另一份工作而已。的确，在我们当中，确实有人一心想要拯救他人，但大多数人都是像我们这样误打误撞进入这个专业领域的。

听起来也许让人不安，但这就是常见的残酷现实。对于出现在你面前为你提供医疗救援的人来说，这个可能就是他在拥有高中文凭和良好驾驶记录的情况下，唯一能找到的体面工作了。

开始的几周，心情都还轻松，只不过最终还是被令人不安的现实占据了。我们很快就会加入紧急医疗救援的世界里，并必须在紧张的氛围之下有良好的表现。我们当中的一些，有一定比例，难免会达不到要求。忽然间，我发现我不是唯一对自己抱有怀疑的人，我们脸上都清楚地写着，我从其他同学脸上看到——大家的笑容都很紧张——好像是说："对，我听了课，也记得老师说的，但是我不确定之后在遇到病人的时候，我是否能记得起来。"

对于这个答案，我的确一天不如一天确信了。

一周里我有三个晚上要开40分钟车去上课，坐在小桌子前，打开书本，好好听讲。老师一章接一章，讲得很快，几个月后，关于处理紧急事件，我简直比第一个晚上还要手足无措。我用来安抚紧张情绪的方法是不断提醒自己，这是国家认可的教学大纲，如果我学习之后记住它，并通过了考试，那么我就会被录用，而且不会比其他那些刚毕业的新手差，我一定会做到该做的。正是这个想法，这个有一点点作茧自缚的想法，让我克服了自我怀疑。

然而一天夜里，这个茧破了。

事情发生在第一个课间休息，我们站起来做拉伸，到教室外活动活动，然后一伙人聚在一起。我和另外四个朋友站在门外有太阳的地方，贾斯汀——那个前篮球运动员，他说他有一个朋友在镇上另外一间学校里学习紧急医疗救援课程，他们比我们晚开始一周，但已经开始情景演练了，而且每天都有。我们都愣住了，情景演练是把我们放到想象的急救状况中去操练我们在课堂上所学到的知识。目的是为了让我们习惯于把知识从脑子里转移到唯一要紧的地方——手上。因为所有参与紧急医疗救援课程的学生都是没有受过训练、毫无经验的，情景演练是关键的培训环节。

艾伦说我们到时也会做情景演练，但没有具体说什么时候。我不太确定是不是我们还不具备足够的理论来进行情景演练实操，就更别提找出解决的办法了。我们讨论过许多常见的情形，但都不那么具体。我们用两周的时间学习解剖学和生理学，但那除了像是在拼命赶课之外再也没什么感觉。我们还学了运动学——一门关于力量怎样作用在身体上的学科——作为一种判断某人是因为翻转受伤还是正面撞击受伤后不同表现的手段。然而这些伤看起来会是什么样子、怎样区分、怎样处理，我们没有学到任何一点知识。这很令人担忧。

这并不是说艾伦不是一个好老师，他只是很容易被打断。我们私下偷偷讨论，发现问题不在艾伦，而是我们的同学身上。我们班分成了两派，我们几个是一派，其他人是一派。那派人更喜欢课间抽烟，上课的时候，他们更爱听战争故事而非学习知识。我们认为是他们拖慢了我们的速度。并不是说我们这派的学生更聪明。见鬼，两天前，艾伦把兰迪拉到一旁，告诉他除非他答应不做紧急救援人员，否则休想毕业。我们落后了，不仅是另一派那些人的不关心，他们事不关己的态度也是问题的一部分。

从那天晚上开始，只要老师一跑题，一有人用愚蠢的问题打乱艾伦，课程结束的时候还没有传递真正有用的知识时，我们就把第一天起就放在那里的闹钟的声音越弄越大，直到它再也不像个闹钟，而是一列火车，轮子仿佛从轨道上脱离一般。

"如果你还有一点点时间的话，我有个问题。"

艾伦一边把书折起来放进背包一边点点头。他是当地消防部门的培训师，给我们上课是他的第二职业。下课的第一时间，他只想回家。我快速移动到他的左边——如果他溜出教室的话，就必须先绕过我。

"我们是不是慢了？"

艾伦举起他的包，拉动绳子把包背到肩上，当他想离开的时候，发现我挡住了他的去路。

"我指的是课程。"

他摇了摇头，"没有。"

哦。

他试图绕开我，我还是挡住了他。

"我们已经开学三个月了，还没有做任何的场景演练。按理我们应该要开始了。"

"我们还没有开始场景演练？"

"没有。"

"有，我们讲了一些持续性的测评之后，我们做了一些场景演练。"

"我们还没有学到那些。"

"还没有学吗？"

"没有，我们只学了初级的测评。"

艾伦向右边靠了靠，把包放在了桌子上。

"我们刚刚进入第二个月，对吗？"

"是第三个月了。"

"第三个月？"

轮到我被警告了。我感受到火车发出的轰鸣，喇叭声响彻天空。

艾伦看了看我，骂了我。

"你已经骂过了。"

他在脑袋里算了算，点点头，然后他把包背回肩膀。"这周三，"他说，"来早一点，我们需要赶上进度。"

3
死去的人体模特

周三过得简直就是晕晕乎乎的。周五也是，接下来的周一以及之后的每一天都是这样。我到哪儿都带着我的书，阅读然后背诵濒临死亡的各种迹象和症状，并把它们和相应的治疗措施一一对应起来。濒临死亡离我们其实一点儿也不遥远。在候诊室里，我是一个陌生的陪伴。

这种级别的浸入式体验直接让人产生一种近乎偏执和压迫的感受。我是否真的从这些抽认卡上学到东西，我需不需要再多做一些卡片，天知道怎么会有那么多种止血的方法。这一切都那么新鲜、那么不同，那么像青春期——也许是中学一二年级——也许已经有点成熟，明白当下你是活着的，但总有一天会死去，而你依然还不够成熟，还会相信皮肤下面细细的静脉里流动着奇迹。所有的事情都在惊讶的电荷作用下爆裂开来。

每节课我们要花一半的时间学习紧急医疗救援中威胁到生命

的情况，并且训练如何处理它们。癫痫、哮喘、与充血性心脏衰竭有关的急性症状、心率过快、心率过慢、心跳停止、矫形创伤、烧伤、贯穿伤、低血压、高血压、股骨骨折、颈椎骨折，甚至是精神失常的各种症状。我们先认真听讲，一个小时之后，我们把桌子推到一边，拿出过期的药物开始严肃的救命工作。

"嘿，先生。"我紧张地对着脚下的人体模型背诵出脚本里的台词，"你哪里不舒服？"

"砰！你已经死了。我刚刚击中了你的头部。"艾伦叫道，他用手比了一把枪的样子，并且扣动了扳机。"你的同伴呢？他踩在救护车旁边一根掉落的电压线上。他被电焦了，你闻到了吗？我闻到了。还有谁闻到了？"

艾伦天生就是一个工头儿——专横、急躁并要求完美。不过，没有任何瑕疵比现场的安全更让他感到不安。你自己和同伴的安全是第一位的，他一再强调。"一个濒临死亡的病人会因为你的疏忽而真的死去。就像现在在这里的哈扎德先生。"他吼道，"从头再来一遍。好好做！"

我站在全班同学的面前，手揣在口袋里，眼睛盯着这个人体模型。桌子上是一个蓝色的容器袋——巨大的帆布粗呢袋里装了紧急医疗救援需要用到的所有工具。在我被允许坐下之前，我需要会正确地使用它们。艾伦坐在椅子上正对着我，跷着二郎腿。他重复着任务——有人不明原因地晕倒了。

我的声音向来很小，当我操作的时候就更微弱了。"首先，"我说，"现场安全。"

"大点声儿。"艾伦吼道，"在你身后的人根本听不到，如果在安静的教室里都听不到的话，当警察在现场开枪的时候，你的同伴又怎么能听见呢？"

我深吸一口气，然后一口气说出那些会伤害到我们的潜在危险——枪击现场、快速行驶的车、即将倒塌的建筑物、激动的围观者、激动的狗，甚至是激动的病人。我在第一次场景演练的时候感染了麻风病，所以这次我做了戴手套的动作。这下艾伦满意了。我把注意力转移到病人身上。事实上，病人就是一个裸露着的、缺了左腿的、褪了色的人体模型——但在这个课堂上，它可以代表任何人，男人、女人或是孩子。有些时候，病人可以说话，其他时候我们可以从围观者中找到信息。病人通常都是昏迷的，偶尔还会遇到不会说英文的病人。

我们开始提问——你叫什么名字？……怎么了？……你可以呼吸吗？艾伦会在一旁提供这些问题的答案——约翰，我猜他已经死了，死亡地点在图书馆那边。然而我们所问的问题和得到的答案都不足以让我们明白到底出了什么问题。我们必须根据致命的因素排出检查的先后顺序。从气管开始，然后到呼吸，接着是循环系统。按照这个顺序，就算病人的内脏都快掉出来了，我还是得先明确他的气管是打开并且畅通的。在我为他快掉出来的内脏担心之前，必须让他保持足够的呼吸。

今晚，我快速地把场景演练中的前几个步骤过了一遍，没有发现任何问题。目前还不错，但就是哪里有点奇怪。如果这个病人是真人，不是假的，病症会不会显而易见？但现在他是个假设的病人，而我正站在全班人面前。艾伦轻轻敲打着他的手表。嘀嗒嘀嗒，于是我问了一连串的问题——你之前做了什么？我们是在室外还是室内？我发现什么奇怪的事情没有？

艾伦坐直了，"哪里？"

"哦，啊，哦……皮肤上？"

"答对了，她的脚上有一块皮疹，并且蔓延到了腿上。事实上，你还注意到了桌子上有一支肾上腺素注射器。"

"她对什么过敏？"

"是的。"艾伦吼道，有点欣喜若狂，"她是的，但是在她能告诉你之前，她已经昏迷了。"

我迅速地重新检查她的气管是否畅通，由于我一点儿没有紧张，艾伦又奖励了我一些信息——"从窗子那里你可以看到外面的割草机被一群黑压压的疯狂的蜜蜂包围了。"过敏反应。我马上开始实施过敏治疗——至少是紧急医疗救援可以提供的那一种救治方法。学习和笔记这个时候派上用场了。至少对我来说是这样的。尽管我有接近完美的判断，尽管我很早采取了积极的干预措施，病人还是死了。

艾伦告诉我不要太担心，这就是医学，不是电视剧。人体模型有时候也会死。

4

活着且有呼吸的死者

直到艾伦走进教室把三张纸贴在黑板上之前，我们都还没有机会把经过部分训练的手放在真人的身上过。"报名表，"他说，"是时候让你们跟车跑了。"

这个时候我们已经学习了五个月，还有三个月课程就会结束，之后，我们会参加国家登记考试，考试通过的人就可以在全美任何地方的紧急医疗救援中心工作。但在那之前，我们必须先跟车学习。跟车学习就跟字面上的意思一样——整天待在救护车的后部做学徒，跟在医务人员和救援人员的屁股后面。

有人提问我们会去哪一家学习救援。

当艾伦提到是格兰迪的时候，屋子里静得可以听到针掉在地上的声音。

格兰迪纪念医院在所有亚特兰大人心里是一个结。很多人觉得那是一个充满恐怖和鬼故事的地方，乱哄哄的大厅里挤满了流浪汉、疯子和得了绝症的人。我第一次近距离观察它是 6 月的一个早晨，我正在黑暗中等待凌晨 4 点开始的跟车学习。一个巨大的十字挂在医院大楼的顶上，在黑夜里发出红色的光，蒸汽从旁边的烟囱里缓缓飘出，像薄薄的雾毯。空洞的天上挂着一轮明月。遥远的地方传来孤独的警报声。

我早到了，除了等待没什么可做的。我来回走着，想得太多，担心着——我将会看到什么，会让我做什么，而我应该怎么应对。我猜想这些人会怎么看我。格兰迪紧急医疗救援中心是 911 专门安排负责亚特兰大市区救援的。电话响个不停，格兰迪的医务人员每一个都忙到极点。他们训练有素、经验丰富并且能力很强。他们是亚特兰大地区所有急救人员的标杆。他们穿梭在城市中最糟糕的街道，夜晚徘徊在各个居民楼，他们还经常去监狱和破旧的汽车旅店。在这样环境下工作多年的经验让他们拥有嗅出违禁药物，辨别什么情况下会出事儿的本能。格兰迪的医务人员们在诊治病人、安抚病人方面是专家，偶尔，他们也会和病人打架。他们骄傲自大、光芒四射，和消防队其他同事形成鲜明的对比。

我是个新手，一点儿用处也没有。除了恐惧，没有其他任何感受。

终于，两个格兰迪的医务人员从黑暗处出现，他们穿着打着补丁的制服——更实用，也更像军人。他们朝我点点头，让我坐进救护车。还没等我明白以及准备好，我就已经坐在救护车的后部，飞驰着朝这个还在睡梦中的城市心脏奔去。

所有的救护车都一个味道，混合了消毒水、塑料、柴油以及从外面飘进来的各种气味。除了这些，还有一种，一种你不能闻出来真实中根本不存在的味道。它不是来自任何物理源，而是来自在这里流汗、流血和死去的人的一种感知。事实上，这个狭小的空间发生了如此多的事情，我们应该尽快忘记那些因为暴力或是突发疾病死亡的灵魂会一直徘徊在他们死去的地方这件事。救护车，最多不过两平米大小的地方，滚动着那些突然死亡和悲惨死去的人的记忆，它们当中有多少已经悄悄溜走，我们不得而知，但是没有一个故事是说孤独而愤怒的灵魂低语着吓唬那些惊恐的护理人员。

我那穿着一身皱巴巴衣服的导师们用他们自己的方式面对这些死亡。这些年，这一行有了很大的变化。现在和我在一起的这俩哥们儿，派克和伍藤，他们成长在西部喧闹狂野的时代，亚特兰大曾是谋杀之都，每天要在不停的枪击和冲突中存活下来，需要有顽强的精神和残忍的手段。派克又高又瘦，留着内战时流行的浓密的山羊胡，他不停地抽烟，喝很多的咖啡，有着失眠者特有的狂躁精力。伍藤比较沉默寡言，他的身材说明了在公共安全领域工作的工人普遍吃得都不好。伍藤安静地坐在副驾驶位子上，派克像个疯子一样开着车，嘴里不停地念叨，没有任何正能量的话。"在这个地方，你看到的所有，"他一边说一边朝我们路过的所有东西挥舞着手臂，"都是狗屎。"

他指的狗屎，就是当地人都知道的地方布拉夫——大概13平方千米的范围里都是窝藏毒品的房子、廉价旅馆、烂尾楼、贫民窟、毒品、暴力、绝望和永恒的警报声。布拉夫对于亚特兰大来说，就像是加州的康普顿，芝加哥的南部以及中心地带那些无数没有名字，又充满安非他命的活动房屋停车场。亚特兰大绝大部分的毒品都在这个区域被销售和消费。这里的人住在老旧的建筑或是被遗弃的别墅里。派克说他们不是卷入麻烦就是要打救援电话，他重重地踩了一脚油门，拉响了警报，又长又洪亮的警报声划破天际。

醒醒吧！

我岳父曾在越南待过一年，那段经历深深地影响着他，但他从不提起。而有些话题，他倒是喜欢聊一聊，其中一个就是 20 世纪 60 年代陆军为了丛林战而大举招兵的徒劳努力。例如，他喜欢跟我们说，训练的时候他们用的是 M14 步枪，M16 自动步枪他连摸都没摸过——而他又是多么渴望用这种步枪去赢得战争——直到他出现在东南亚的战场上时也没用上。当他描述还在用二战时期的战术教他的教官时，他笑了，那是个从来没有见过森林的人，从来不知道丛林战特殊的困难和策略。最终，那些能够让他保住性命的方法是一个比他早一个礼拜到那里，并且厌恶战争的 19 岁孩子教给他的。

紧急医疗救援的训练并非完美，每一次在大街上、浴室里、客厅里、电梯里、建筑工地上——简而言之，任何地方的救援实践——致使那些在学校里被植入的严格规定逐渐被摧毁。派克站在救护车旁，嘴里叼着一根烟，他随口就说出那些我在学校里学过的技术根本不适用于实践，在有些状况下，有可能还会让我或我的同伴受伤。

"脊骨矫正板，"他说，"如果按照他们教你的，把他的身体交叉地捆起来，那个傻瓜肯定会滑下来。"

"滑下来？"

"如果你像那样捆着他们，还要把他们抬下楼梯，会发生什么？"

"他们会滑下来？"

"他们肯定会滑下来。"他使劲儿向后仰了一下，跟着做了一个深呼吸，"把皮带捆在他们两腿之间，"他接着说，"然后在他们的胸部交叉捆绑，这些傻瓜就肯定不会移动了。"

继续。

"现在来说说好斗的病人——"

"等等，什么？"

"什么什么？"

"好斗？你刚刚说好斗？"

他大笑道："你以为这些傻瓜都喜欢看到你呀？他们都会乖乖跳上救护车安安静静地坐到医院？"

我问为什么那个人——尤其是那个打电话来求助我的人——会因为我的出现而攻击我。派克摇了摇头，好像我已经傻得无可救药了。他列举出癫痫病人、药物过量、暴力精神病、醉汉、头部受伤的人、对家人不满的人，还有那些没有什么原因，就是对这个世界充满仇恨的人，而我刚好是那个他们开始实施复仇的人。"我会这样靠近他们，"派克说，"树立我的权威。"他继续描述严苛和宽容是有趣的混合——他会设一条界线，一旦他们越界，这样他就可以决定事情会朝哪里发展。

"处理好了，你就没事。如果搞砸了，你就吃不了兜着走。"他说。他拿过固定病人用的绳子，然后问我是否知道如何固定住病人。我还不知道，但在他演示给我看之前，我们接到了第一个救援电话。

接下来的几小时，我在救护车狭小的空间里观察派克和伍藤如何执行任务。我都被迷住了。我们奔命在建筑物里，还有满是垃圾的85号州际公路的路肩带上。我们接送了一个发高烧的孩子、一个腹痛的女人，还包扎了一个和女友吵架被女友割伤的男人。这些医护人员的动作流畅到几乎完美，我觉得我根本不可能做到这样。

下午三四点的时候总算是安静了一会儿。紧急医疗救援是没有固定的休息时间的，没有午餐时间、没有上厕所的时间，什么都没有，只要有活儿，你就得赶紧去。所以只能见缝插针地吃东西。下午我们从一个脏兮兮的快餐店买了油腻的烤鸡当午餐，吃完我们就昏睡过去。我刚睡着一会儿，救护车就开始移动。我们又接到任务了。

刚吃进去的油还没有消化完，救护车就猛然停住了。一整天，我第一次听到伍藤说话：

"真见鬼。"

世界上不断有奇奇怪怪的事情发生，那么今天就发生了一件。一个我们从来没见过，想必以后也不会再见的人，头天晚上因为吸食了一种混合了可卡因和海洛因的新型毒品而一直处于癫狂状态，这种混合毒品——一种毒品把你拽起来，另一种毒品又把你拖下去。海洛因就是这样，在可卡因燃烧的时候让你冷静下来。但问题是，海洛因的持续起作用时间比可卡因短，不知道在什么时候，那种很平和的兴奋会瞬间变成大汗淋漓、烦躁和不停地磨牙。当幻觉开始渐渐消失之后，我们这个病人就在大街上不要命地飙车，直到掉进山沟里撞在树上。冲击力导致他的两条腿都受了伤，但他因为毒瘾太深而根本感觉不到。

神志不清和好斗的情绪让他就这么从车里跳出来并且想逃跑——受伤骨头的末端一下子就穿透皮肤露了出来。我们到达的时候，损害程度已经更加严重，上段和下段的骨头已经翘起来，形成一个奇怪的交叉形状。

这一整天，派克终于在这个时刻安静了下来。伍藤建议我们下车。我站在他们旁边，就在救护车前面——心狂跳着、瞳孔放大——一部分是被吓到了，一部分是蒙了，完全不知道该做什么。派克拔出镇静剂，我们像饲养员悄悄地靠近一只不安分的熊一样。然而猎物发现了我们，他扭动了一下他的肩膀，派克和伍藤意识到即将发生什么，而我完全没有。

他们急忙闪开，只有我还僵在原地。这个病人——有着凶恶的眼神、壮实的身体以及受伤并交叉起来的左腿骨——冲向我，我甚至都还没有反应过来。就在我被他拽翻之前，伍藤，这个灵活程度跟他的体形完全不匹配的人，及时跳了出来把他扑倒在地，派克也立刻压在他的身上。他们三个人在地上滚来滚去，直到派克因为疼痛尖叫了一声，他用肘子使劲给了那人一下，然后朝我吼，让我把针头递给他。在扭打过程中镇静剂掉在了他够不到的地方。这一吼让我从晕头转向中惊醒了过来，我赶快拿起注射器，拔出盖子然后迅速戳进那人的屁股。

我退到后面，派克和伍藤慢慢地松弛了下来，看到药物已经在起作用。那人平躺在地上，抽搐了几下就打起了呼噜。派克把担架拿下来，我们三个人抓着他，一起把他弄到救护车上。当车门关上的时候，派克和伍藤笑了，他们用疲惫的眼神对视了一下——有点恼怒，有点欣喜——那就是同伴之间常常传递的情感，当混乱平息之后，你会发现自己筋疲力尽，但也安然无恙。伍藤拿出剪刀剪开男人的裤腿，派克和我开始用皮带把他固定住。

速成课里把人的手和脚绑到担架上时只有一句话：腿必须分开，绑在脚踝的位置，左手臂放在病人身体旁边，右手臂抬起放在病人耳朵旁。打结的时候一定要小心周到。派克认为我的结一定打得不错，然而这个假设并不正确。我们才上路几分钟，病人就开始扭动了。当然，他被注射了镇静剂，但可卡因还在起作用。他睁开眼睛，试图挣脱又猛然停止——像一只落入陷阱的野兽。他转向我，暴怒地摇着头，然后翻过去，坐起来，用力地踢左腿，发出怒吼。他使劲拉扯捆绑带，他的右手，也就是放在他耳朵旁边、派克绑的那只，一点儿也没有松动。但是左手呢？我绑的那只呢？已经开始松了，他用他的手指勾住绑结，然后笑了。或许也没有笑，我急剧攀升的紧张已经让我无法分辨。不管笑还是没笑，他拉动了结，他的左手自由了。就在他要起来的时候，伍藤扔了一块布在他脸上，让他没能立刻坐起来。我试图抓住他那只松开的手，只可惜没抓住。一阵眩晕的疼痛击中了我。

这个老兄抓住了我的睾丸。我试图强忍住疼痛，把他的手打开重新控制住局面。然而我尖叫了起来——如此恐惧、绝望和尖锐的声音，很难相信是我自己发出来的。派克停下了救护车，他跳到后面，伍藤和他一起把病人稳妥地绑了起来。接下来的运送过程我几乎没有任何感觉。除了疼痛、丢人的尖叫回音和相当长时间的缓和期，我感受不到任何事情。

在医院我们把病人放下，然后又跑了几个任务，这一天结束。我回到家，跟萨布瑞娜或是同学们所表述的这一天发生的事情都经过了删减。还有其他的跟车学习，还有课堂学习的时间。

毕竟我还是做了许多正确的事，也有不负众望的时刻。但通常都是在错误中学到教训，而不是在成功中。

所以我知道了打结一定要牢，要不病人会扑向你，而发生在救护车里的事——好吧，最好就留在那里吧！

5
失败是一种选择

　　不像前四个月那样，紧急医疗救援课程的后半段简直过得飞快。上课、跟车学习、到当地医院轮班。这些都不要紧，因为没有任何事比即将来临的国家注册考试更重要的了。艾伦每一节课都会花大量的时间在准备考试上——告诉我们一些窍门，还警告我们不能紧张，不要让注册考试成为我们的绊脚石。

　　国家注册考试分两个部分——笔试和实操——通过率大概是百分之五十。每个人都很担心。如果不能通过考试，就找不到工作，就是这么简单的道理。如果我考砸了，那我就是个学过紧急医疗救援的送报员而已。艾伦向我们保证说确实还可以重考，但次数不多——如果还考不过，那就得返回学校重学。我默默地提醒自己那些必须记住的事项：熟记资料，相信直觉，避免重大错误——现场安全。我们学习、准备、等待。

　　课程是 12 月中结束的，八个月来，我们已经习惯了每周三个晚上上课的节奏，突然自由了，反而有些不习惯。学校，就算是技术学校，总有其价值所在。最后一个晚上，艾伦让我们做了场景演练，然后他问我们最后还有什么问题要问他。没有人举手，我们只是准备好离开。课后，我们小组五个人一起去了一家墨西哥餐厅。我们喝酒、欢笑，我们追忆过去的这八个月，就像是住在一个奇怪的气泡里。今晚一点儿也不像是结束，直到我们付清账单，一个一个走出餐厅门口。生命就是一系列的循环——每一次都一样，遇到新的人，有了新的回忆，而最终，都成为新的结束。

　　周末，我和贾斯汀开车到萨凡纳去参加考试。从坐进车里到坐进医院副楼的考场盯着试卷，我们没有花太多的时间在路途上，感觉有些措手不及。不到一小时我就答完了，然而从里面出来的时候，我居然一个问题也记不起来。我们吃晚餐、早睡、醒来，然后参加实操部分的考试。

　　和笔试相比，实操部分相当漫长。有五张操作台，却有一百多个考生。我们坐在一个闷热的房间里等待。终于，大家都轮到了，考试结束。我们在门口排着队，一个一个进去被告知考试结果，通过或是失败。等待、等待、要命的等待。终于到我了，我走进房间，关上门，朝房间里面的五个人微笑。其中一个问我叫什么名字，然后他从一叠纸里面抽出一张，点点头。

　　"你通过了，恭喜你。"

　　那天晚上，我扔掉书大醉了一场。

　　两天之后，我和萨布瑞娜到了巴黎。我们之前都去过那里，只是分别去的，该游览的地方都已经游览过了。我们在拉丁区闲逛，吃肉卷、三明治还有其他吸引我们味蕾的食物。夜晚我们在塞纳河边散步，在埃菲尔铁塔下吃浇了巧克力酱的香蕉可丽饼。我们整天都在喝酒，醉醺醺地坐上地铁就为了去听吉卜赛人拉手风琴。新年的午夜，我们在凯旋门下，什么都不做，就为了迎接新年。12点01分，政府停止了所有的庆祝活动，并驱赶成千上万的人离开香榭丽舍大道。我们又醉又冷，不知道要去哪里好。那个夜晚很快陷入了骚乱，我们在催泪瓦斯的烟雾中迎来了新年。

两周后我们回到家中，等待我们的是一堆信件，其中有一封是紧急医疗救援人员国家注册局寄来的，我终于有了自己的编号，我是一名正式的紧急医疗救援人员了。

6
总算有了一份工作

    2004 年 2 月初的一个午夜，亚特兰大还是冰天雪地，飞思美救护车周围停车场的碎石路面都被冰霜覆盖着。我在救护车的后半部睡着了，我的搭档和他的女朋友正在温暖舒适的办公室里喝着马布里朗姆酒。就在几个月前，我还在学校，我想象过紧急医疗救援工作一定会很不一样。我期待着尽职尽责的医务人员围绕在将死的病人周围，就算是不停地徒劳地做着心肺复苏，他们还是会告诉病人他不会死，而不是什么都不做，只是看着表倒数生命。

    这完全不是那样的地方。

    我怎么来到这里的，怎么来到飞思美的，简直是一个笑话，但我还没有准备笑。我发短信给萨布瑞娜——用冻僵的指头打字的确很难受——我跟她说这不是我当初签字时想要的地方。我用大写字母打了我完蛋了。她回答说我就是因为奇怪才签约的，而现在就够奇怪呀！

我把手机塞进口袋里，用毯子把头蒙上，向自己发誓，第二天一早我就要辞职。刚睡着一会儿，前门被打开了，我立刻坐了起来，大多数飞思美的救护车都一样，车顶灯坏了不会亮，所以我看不清车厢前面发生了什么状况。我听到有人在翻工具箱，之后是垃圾箱，最后是操作台。我正准备等着听引擎发动的声音，旁边的侧门被拉开了。突然间我们四目相对——我盖着毯子坐在担架上，他穿了两条裤子和一件被撕开一条口子的粉红夹克，他有一只眼睛是黑色的，牙齿上有好多裂缝，下巴下面有编成辫子的胡子，上面还拴了些塑料珠子。他的手裂了还粘着灰，鞋子外面包裹着塑料袋。他喝得半醉，应该无家可归，在这一刻把我当成了同伴。佩服完我敢在这里睡大觉之后，他对吵醒我表示歉意，拿了一条毯子之后就消失在夜色中了。

他从哪里来，他有着怎样的故事，我不知道。但是我的故事——一个在紧急医疗救援班上以高分毕业的人还窝在这里，在这辆救护车里？是的，我清楚这个故事。

当我通过紧急医疗救援考试之后我就把送报纸的工作辞了。接近一年时间半夜起来工作，没有休息日，离开无疑是好事。第二天一早我就起床找工作，我有很高的期待，为什么不应该有呢。这是医务工作，一个人人都会告诉你最容易找到饭碗的职业，有无限的可能，这里的工作没有一天会重复。

我第一个电话就打给格兰迪急救中心，他们拒绝了我，告诉我他们需要有经验的人并且建议我可以去消防队问问看。我照做了，我给这个地区所有的消防队打了电话，每一个市政接线员都告诉我他们一年只招聘一次，还要填写许多繁复的表格、经过无数次的考试和苦闷的等待才行。唯一剩下的选择就是去911安排的郊区或是地铁站的急救，也就是富尔顿小镇上那些格兰迪覆盖不到的地方。我住在富尔顿，我想要干911的工作，而且这会帮助我今后在格兰迪找到工作。看上去是完美的选择。我拨通了电话，一个女人接起了电话告诉我他们刚刚才结束一次招聘，不过也不用太担心，因为他们很快还会再招聘的。很快？六个月。我告诉她我没有耐心等六个月。她停顿了一下，接着说："你也许可以试试看消防队。"

我离开家，不知道该去哪里。我辞掉工作，送过报纸，参加紧急医疗救援课程，通过了国家认证的注册考试，全都没用，我现在没有工作并且毫无选择。我停在红灯处，闭上眼睛，把头靠在方向盘上。不一会儿，后面的车开始使劲儿按喇叭，一辆白色和深紫色相间的救护车从旁边呼啸而过。我闪了闪大灯，我不知道他们要去哪里，但是猜想要是能跟上他们，那么……好吧，就在那个时候我依然不清晰，可我还有选择吗？

跟上他们并不容易，毕竟有限速，有红绿灯，有停止标志，更不要说还有过马路的人，所有这些，我都得避开，而救护车不需要。他们没有用警灯和警报，说明他们没有在执行任务——也许他们只是无视当地的交通规则，或许是所有的规则。我感觉被出卖了。

几个快速转弯后我发现自己来到了另一个世界。一个全新的地方，一个新的城市，除了废弃的停车场、脱衣舞夜总会、烧光的建筑、非法车市以及被有瓦楞的铁板挡住了的斜坡上的空地之外，再也没有其他。野草都长到人行道上来了，没有丝毫征兆，人行道就结束了。继续往里开，酒吧开始增多，行人也多了起来，还有许多破旧的汽车。房子十分老旧，前面的草坪除了废弃的黏土、坏了的塑料椅子和孩子的玩具之外什么也没有。就在这时，没有打转向灯、没有刹车，救护车突然向右一打方向，停在了满是碎石的停车位上。我跟了过去，尽量减速。前门上写着飞思美救护车。这个地方看起来濒临灭绝，包括这里的房子、救护车、员工，所有，全都应该归于平息。我掉了个头，把车停进了车位。

前门是那种很简陋的门，通常只会在小木屋或是户外简易厕所那里才会看到。开门发出的咯吱声巨响，以至于我走进去的时候所有人都转过来看着我。屋子里充斥着烟味儿，播放着白天的电视节目。我穿着短裤和人字拖。也许我看起来有些像慌里慌张跑出门的样子。一个实际年龄一定比看起来年轻很多的女人，把烟挪到一边，瞥了我一眼，问我想干吗。我耸了耸肩，找份工作？一分钟之后，我和一个名叫唐的大个子男人一起坐在了一间很小的办公室里。唐也爱抽烟，他递给我表格的时候正在抽烟。

"留下你的名字、电话、地址，还有那些东西，"唐说话的时候，一边刚掐灭一支烟，另一边立刻又点燃一支，"你有号码吗？"

"电话号码吗？"

"紧急医疗救援人员的号码。你已经通过认证了，对吗？"

我告诉唐我通过了认证，直到那个时候我才反应过来，多奇怪，这里居然不是黑色交易的地方。唐轻轻地点点头然后和我聊了各种事情，各种，除了工作。说他最爱看科幻小说，他有一个离婚十几年的前妻还一直和他住在一起，他的邻居和她的三个孩子最近增加了不少日常开支。当我填完表，他接过那张纸，直接就把它扔到一叠摞得像小山一样高的文件夹和笔记本的上面，让那本来就歪歪扭扭的小山就更加不稳了。

"欢迎加入。"唐说。他的意思说得明白一些，就是这张表格代表的不仅仅是我资历的证明，更是一份正式的工作邀约，意味着我已经接受这个邀约。他问我还有什么问题吗？

是的，事实上，我有一堆的问题要问。我到底接了一份什么工作，什么时候开始？薪水如何？我是不是应该穿点儿除了短裤和人字拖之外的什么衣服？唐点点头，又点了一支烟。有些人喜欢这个地方，他说，这里有干了几十年的员工，而有些，一周都待不了。他自己已经在飞思美待了 20 年，他被炒了，然后又回来，据他保守估计，这样来来回回不下 30 次。这里工作时间很灵活，着装也是。关于制服，他说只要看起来不像坏人就行。飞思美和佐治亚体育场有合约，也就意味着我可以成为猎鹰队的义工坐在赛场边。

这些听起来都很不错。不过之后，唐看了看门是否关严了，告诉我不要听信流言，医疗保险欺诈的指控就是狗屎。飞思美被调查过很多次了，他有点骄傲，每一次调查员来都会因为证据不足而无法起诉。我在想，也许这是一个让我逃离的信号。工作面试中本来不会出现雇主的自我澄清，尽管有这样那样的谣言和证据，他们也绝不承认自己有保险欺诈行为，除非政府能够举证。

但是唐看起来人不错，我也得到了一份工作。他问我明天可不可以来开工，我说可以。我几点来呢？

他耸耸肩，"我不知道，8 点？"

7
第一天

8点差10分我猛地把门拉开,一步踏进烟雾的笼罩之中。雪莉——还站在昨天同样的地方,也许还抽着昨天同样的香烟——朝我点点头。她的眼睛一直没离开电视机,示意我往一堆排放整齐的仪器那边儿去。

"你在304号车。"她一边说,一边把电视机的声音调高了一格,"乔纳森会来。"

我在外面溜达着寻找304号车,那辆会把我带到我的第一个病人那里去的救护车,那辆可能会让我挽救某个生命的救护车。在我的脑海里,304号车应该结实干净,充满消毒水味道,有动力十足的柴油发动机,是现代化急救室的延伸。事实上,304号车简直糟糕透了。不仅脏兮兮的,车身到处都有凹痕,天线是坏的,轮胎被磨得很薄了,而且还有一块纸板贴在后窗上,上面写着"申请牌照中"。我动了动排挡杆,四处看了看,车厢内的衬垫都被撕破了，还有污渍——污渍？我的思绪立刻从对 304 号车美好的幻想中抽离，管他的这年久失修的车，管他的这些参差不齐、满是破伤风病毒的边边角角，管他的破败不堪——令人发慌的事实是，我今天不是来学习和观察的，我是来工作的。我环视四周，觉得那么陌生——壁挂式的吸引器、呼吸机、包扎工具、长夹板、牵引夹板，还有给病人做人工呼吸用的橡胶袋，也叫作气囊面罩——所有这些我都被训练和考核过，但是我仅仅知道怎么使用它们。所有的知识只来自课堂——那些简称、缩略短语、案例、身体部位的名称，所有东西——全在我的脑海里胡乱打转，使我迷惑。我闭上眼睛，把手放在一起，大声说，求主保佑乔纳森知道一切该怎么做。

就是这么巧，旁边的门打开了，乔纳森跳了进来。

"早上好，我是——"

"滚。"

我愣住了，伸出的手在空中悬着。看都没看我一眼，乔纳森把包扔到一个空的架子上，直接坐进了驾驶位。看到他戴着蓝牙耳机，我这才松了一口气。我冲他挥挥手，他根本没有注意到我。

"是的，我就是这么跟他说的。"他朝着空气叫道，"我的意思是，真的会是这个结果？我必须得去工作，然后回家，回到我的公寓，还得被指责说我乱搞？在我们自己的床上？我到底做了什么？我告诉你，没有这回事儿。"

乔纳森看了看我。

我朝他眨了眨眼睛。

"我得挂了。"他说。

他挂了电话，我屏住呼吸。乔纳森是个肤色较浅的黑人，怎么都有 2.1 米高，有三百多磅。他每动一下，整辆救护车都会跟着他动一下。

"所有东西都拿了吗？"

"嗯，我拿了雪莉让我拿的，但是我不确定拿齐了没有。这是我第一——"

"很好，我们去吃早餐吧，我快饿扁了。"

华夫饼屋的铁盘上排着一长串的煎蛋。乔纳森在他的咖啡里倒了些糖，把勺放进去搅了搅，朝我点点头。

"你昨天上班了吗？"

"事实上，这是我工作的第一天。"

"周末休息了两天？"

"不，这是第一天。"

"哦，酷，你做这个多久了？"

"第一天、第一天、第一天。"

他不再搅动他的咖啡，第一次近距离看着我。

"意思是这是你在救护车上的第一天？你从来没干过这个？从没？"

"是的。"

"怎么不早说呢？"

他举止变了，突然变得健谈和爱笑。他抓起电话打给办公室，告诉雪莉我是个刚出生的紧急医疗救援人员，刚出炉的新手。有任务就告诉我们。食物来了，他含着满嘴食物跟我说话。他声称自己是从紧急医疗救援学校辍学的，以前是个警察，也曾是海军预备役的军人。他说的这些未必都是真的。他说紧急医疗救援才是唯一真正适合他的事情，所以他来了。他笑了，说："工作会深入你的骨髓，你会明白的。"

我问他飞思美到底要做什么，他向我解释这里其实有两种类型的救护车。显然，这里有专供 911 出勤用的救护车，但是也有其他的：私人救护车，这些救护车的主要目的就是接慢性病患者赴诊。这就是我们干的活儿。为私人服务就是要把自己的专业特长浪费在透析诊所和养老院，这两个地方没有一个是令人愉快的。透析诊所的白色无菌室里充斥着浓烈的消毒水味道，嗡嗡作响的机器就像是有刻度的吸血鬼，把你身体里的血慢慢抽出来清洗一遍，然后又灌回去。养老院就是养老院——像是设定好慢慢衰老的工业模式。我问他既然我们只是接送病人赴诊，为什么还要带上那么多设备。他解释说透析很复杂，造成的身体负担很重，有时候病人就这样死掉了。

但还有其他原因，养老院有时候会逃避责任。你可以想象一下，人滑倒摔了一跤，员工拨打了 911 要求紧急医疗救援，那就意味着有他们自己无法处理的状况，或是他们根本就不知道怎么处理，那样就会引出一些他们不想面对的问题。但是，如果他们叫的是私人服务，非紧急医疗救援，那就意味着这只是个小问题，他们提早关注、发现并进行了处理。他把食物塞进嘴里接着说，这是个小窍门，但是管用，而且每天都会发生。

我清了清嗓子。"唐说了一些关于骗保的事。"

他朝着女服务员微笑着挥了挥空杯子。他解释说：用救护车运送病人的费用我们会收得比较高——那些坐不起来或是在运送过程中需要紧急医疗救援人员特殊照顾的病人。只要我们能证明必须使用救护车而不是轮椅面包车，医疗保险就会付更高一点儿的钱。他把叉子戳进炸薯饼里。我们只需要记录救护车运送病人的必要性，所以，有些时候是真的，而有些时候……

他笑了，"你是新手，"他说，"相信我，你会看到各种各样的事情。"

我们的对讲机响了，他拿了过来，"在。"

雪莉的声音从餐厅那边传了过来。

"你们有一个任务。"

克雷斯特维尤养老院在山坡的顶上，就像是从土里冒出来的墓碑，纪念着那些从没被数过也数不清的死难者。在它的东面有一块被遗忘的墓地，1996 年奥运会的时候，警察找到过几具妓女的尸体，但没找到凶手。养老院西面的邻居是一个脱衣舞酒吧和一座废弃的公寓楼，纪念——对那些还记得的人来说——就在那个地方，一颗打偏的子弹穿透了卧室的墙壁杀死了一个幼童。它的后面，有一栋长型的砖混建筑，据说是给在亚特兰大南部工作的锁链囚犯居住的地方，其他就什么也没有了，只剩下高速公路。

克雷斯特维尤是个骇人听闻的地方。无法说清楚有多少人肚子里填满克雷斯特维尤的果冻慢慢地滑向生命的尽头。这里大部分的居民都是以无名氏的身份在这里生活和死去，他们都是佐治亚州贫穷多病的底层人士。

乔纳森和我刚迈出电梯，我就被空气里的味道刺激到了——浓烈的尿不湿的臭味、反复加热的食物味道以及身体的臭味。我们从一个死盯着我们看，丝毫不挪开一点儿位置的人旁边挤了过去，他张着嘴巴，脸上毫无表情，就像是年老的躯体被塞进脏兮兮的睡衣里。下到大厅，情况更糟糕，面无表情的人僵硬地站在各个角落，无腿的女人们坐在吱吱作响的轮椅上。每转过一个拐角，就会看到更多，盲人、聋哑人、精神病人、健忘症患者，慢吞吞地、用一种痛苦但有目的性的移动朝我们走来，他们像僵尸一般，却又被活生生的生命吸引。

我们快速走向护士站，发现那里一片混乱。文件夹摇摇晃晃地堆在放食物的托盘上，感觉随时会倒下来。护士们，至少一半的人在用岛屿方言闲聊着，几乎所有的亚特兰大长期护理中心都是这样。这些地方——有牙买加、巴巴多斯、多米尼克共和国或是特立尼达拉岛——有人去那里招聘护士，很多的护士，使得现在很难找到一家养老院不回荡着她们特殊的抒情方式和不慌不忙的口音。

很显然，她们看都不看我们。乔纳森主动伸手拿过标着22B的文件夹，然后问是什么情况。护士们不说话了，这样的打断让她们有些恼火。她们脸都不朝我们转一转，其中一个回答说："是九号凡，22B船，他今天早生没有次早餐。"

（是九号房，22B床，他今天早上没有吃早餐。）

她们继续聊天，乔纳森再次打断她们。

"这很正常吗？"

"你楞（认）为呢？"

"我怎么知道，我都不知道这人是男是女。"

很显然我们不是简单地把病人带走然后消失。护士叹了一口气然后一把抓过表格。我们跟着她来到九号房，她在22B的床尾停住了，然后开始翻看日常记录。躺在床上的人是佩里先生，看起来情况有些糟糕。就算是我这双没有经过训练的眼睛，也可以看得出来。他黑色的皮肤亮晶晶的，就像是裹得很紧的变质香肠，肿得就快爆开皮了。他的嘴唇已经干裂，眼睛很黄，深深地凹陷着，呼吸重且急促。他发着高烧，我可以感觉到从床上腾起的热气。他的四肢干瘪，萎缩了，他的肚子胀得像是刚吞下一整只冰冻火鸡。一根喂食管从他肋骨下的内脏里凸了出来，喂食管的另外一头连着一袋棕色的液体状东西，是给那些依靠喂食管喂食的人吃的。

乔纳森指着那根管子。

"所以，如果他是靠喂食管，他怎么会不吃早餐呢？在我看来让他吃早餐只不过就是把开关打开而已。你们是不是忘记打开了？"

护士把日常记录塞给乔纳森。

"你没看见这个？"

"没有。"

"管子被堵住了，不流……流了。"

"我知道了。"

"他有高烧。"

"烧了多久？"

"从……从昨天晚上开……开始，晚上值班的护士没有告诉我们。"

乔纳森和这个护士盯着彼此，已经过去的 12 小时里，他不可能才发烧、腹部才开始肿胀、喂食管才堵塞，甚至他的尿不湿不可能才换过，但这些事情现在都不值得再为之争吵。我们把佩里先生带走，连同他的日常记录一起。走到外面，我们简直感觉像从监狱，甚至是从棺材里被解放出来。我们把他推到救护车那里，然后弄到担架上。我爬进车里正准备进行生命指征的测试，身后的门就被关上了。

我愣住了。

乔纳森当然不会丢下我不管，我是一个在救护车后面只有不到两小时经验的救援人员，现在正和一个病情复杂到超过我所认识的医学词汇量的男人在一起。然而这简直是个玩笑。我听到前门打开了，救护车随着乔纳森的体重晃动了一下，引擎发动，我把头伸到前后部连接的窗子那儿，"你在干吗？"

乔纳森笑了，"去医院，别担心，你会没事的。"

"我不担心我自己，我担心他。"

"他也会没事的。也许不会，这家伙按理应该算是睡在临终的床上了。还有什么更糟的你能做的？"

我看着佩里先生，一个发着高烧、浮肿的、喘着粗气的、渐渐走向死亡的生命。

"你得过来，我是认真的。"

救护车开始移动。

"这不好玩儿，乔纳森，这完全不是开玩笑。"

"你说得对，这不好玩儿，这是你的工作。"

我抓过手腕血压仪测佩里先生的血压，几乎测不到。我把手指放到他的颈部去数他微弱的脉搏。就在这个时候，没有任何征兆地，他突然朝空中喷了一口又浓又黑的血。

我尖叫着朝乔纳森寻求帮助，可他继续开着他的车。我什么都不能做只能帮佩里先生把身体侧过来，让他把部分消化过的血吐在车厢里，柜子、仪器、被单，所有这些东西都沾染了血迹。

史蒂芬·金的小说里都没有这些细节。我一直处于害怕和惊恐当中，甚至是到了医院，把病人放下之后我都不想搭理乔纳森。在停放救护车的匝道上，乔纳森一边检查车内的受污染程度，一边摇头。

"这次清洁得花大价钱了。"

五分钟之后，我们站在飞思美破旧的办公室后面讨价还价。乔纳森手里拿着十块钱，理查德——当地的一个流浪汉，摇着他的头。

"哎呀，"乔纳森说，"这是个很简单的工作，我就只有十块钱。"

"那不是十块，"理查德说，"那就是一叠一块钱。"

"十个一块，不是一回事儿嘛。"他拿着钱在手掌上敲打着，"怎么样？"

让我吃惊的是，理查德跳进救护车就开始打扫了起来。连手套都没有戴，他用软皮管冲洗了后面，将天花板、担架和地板进行消毒，然后把车厢里面所有弄脏了的东西都拿出来。乔纳森坐在后面给理查德指出那些他没有看到的污点。

"漏掉一个地方，就在那里，兄弟，椅子下面。"

理查德打扫完成后，跳下车，抽走乔纳森手里的那一叠钱就跌跌撞撞地走了，"随时打给我。"他一边走一边喊道，最后消失在酒馆里，"随时啊！"

所有的一切都没有什么不正常。从我第一眼看到飞思美的救护车到现在，所有的事情对于我周围的这些人来说一点儿也不奇怪。不用我出具任何说明我是真正的紧急医疗救援人员的证明就雇用我，没有任何人觉得奇怪；尽管表面上我们提供救护车服务，但没有人在乎有人在工作的时候偶尔会喝酒。当我告诉其他人乔纳森欺负理查德的事儿时，他们都在等待着听我讲出让人感到厌恶的地方在哪里。他们最终都没有发现，这样的厌恶感只有我有。

这个地方简直就是鱼龙混杂的马戏团，像是紧急医疗救援人员暂时的中转站。这里的主人和运营者是一对无可挑剔的善良夫妇。曾经有一段时间，甚至很长一段时间，亚特兰大的所有紧急医疗救援人员都在飞思美工作过。那些需要多赚些钱的人、被炒鱿鱼的人或者是刚刚从监狱或是戒毒所出来的人，他们只要踏进飞思美那扇吱吱作响的门，就一定能在这里找到一份工作或是一个落脚的地方。

我很快发现理查德并不只个无家可归的流浪汉，他其实很快乐地生活在飞思美办公室后面一辆废弃的拖拉机挂车里。他从办公室里拉了一根电线到他的挂车上，这样他就可以使用电扇、电灯、烤盘，还有一台 13 英寸的黑白电视机。还有迈克和瓦莱里娅，迈克是个很瘦的白人，头发稀疏，瓦莱里娅是个很瘦的黑人，头发也很稀疏，他们看起来都不怎么靠谱。迈克是个瘾君子，因为他的毒瘾，老板把他炒了；瓦莱里娅是一个调度员，因为帮迈克贩毒被炒了鱿鱼。就在那一周的时间里，他们俩都出现在这里，整洁而清醒，受到大家的欢迎。"不出一个月，"乔纳森轻声说，"他们又会原形毕露。"

一天晚上，一个叫作莱尔的医护人员——个子很高，留着有些吓人的发型，有着一双仿佛知道自己注定命苦的塌眼睛——和一辆救护车一起消失了。没人发现他不见了，直到警察打来电话，说他被捕了。经理把他保释了出来，但是他坚持让莱尔先给自己消消毒。

我刚刚说过这里是马戏团了吗？

萨布瑞娜站在敞开的车门边使劲摇着头。

"我不能开救护车。"

乔纳森一点儿也没有被吓到，"你可以。挂上挡就可以走了。"

"不，"萨布瑞娜说，"我不能的意思是，这是违法的。"

"那又怎么样？"

萨布瑞娜看看我，我告诉她这是个坏主意，但也没那么糟糕。我是错的，当然，如果你和那些疯狂的人在一起待久了，他们的日常也就渐渐变成你的日常了。

两分钟之后我们已经轰隆隆地上路了。这是个慵懒的周六，萨布瑞娜原本只是打算来找我们一起吃个午餐的，而事情却变成了现在这样。一切都还不坏，直到乔纳森把警报拉响。萨布瑞娜整个头都扭了过来。

"你在干吗？"

"只管开车。"

"不行，不是这样的，快把它关了。"

"太迟了，开吧。"

她只好继续前进。一辆闪着顶灯的救护车就这样在拥挤的城市街道上穿行。她本不该出现在这里，也不该在车后厢，不该在任何地方，但她现在就在这里，开着车。她行驶过几个路口后，终于回过神来。她有点儿发抖但笑个不停，我问她喜不喜欢的时候，她点点头说："太棒了。"

5月的时候我终于逃离那个地方了。当时我正站在透析诊所的门口等着接另外一个失去腿的病人，要把她送回另一个破旧的养老院，电话响了。是城乡救援站的招聘员，这个公司和富尔顿县的911有合作。当她告诉我，他们即将开始新一轮招聘的时候，我的心怦怦直跳。

"你感兴趣吗？"

"非常有兴趣。"

"下周你可以开始工作吗？"

"我现在就可以。"

她笑了，给我念了一下免责声明。她告诉我这个职位是在富尔顿县的南部。她说北富尔顿县通常比较受欢迎，因为那边比较富裕和安全，人们一般不会因为牙疼、头疼或是孩子发烧了就随便叫紧急医疗救援。南富尔顿就刚好相反，那里尽是破败的公寓和蟑螂成灾的贫民区。

她停顿了一下，想象着也许我会挂掉电话。接着，电话里传来她充满希望的声音，她问："你准备好接受这些了吗？"

第二部分
新手

8
为屠杀祷告

想象一下割草机的刀刃,沉甸甸的,因为持续粉碎树枝和石子而变得很钝。铁片生锈了,机油敷在模糊的碎草层上,刀刃围绕着一个弯曲的中轴在转动,螺丝有些松动,造成刀片在转动的时候有轻微的晃动。清晨,草地还是湿的,带着露珠。

有一只脚就这么滑进并且就这样消失在了割草机有些凹痕的金属框架里。刀刃除了精确之外,更多的是战斗,它得粉碎皮革、橡胶和棉花,现在,还有留着汗水的黑色肉块和弯曲的骨头。一声尖叫划破天际,混入到这个二冲程发动机冒出的刺鼻的黑烟里。割草机停止工作了,三个脚指头,从大脚趾开始,顺着三个,被砍掉并散落进碎草堆里了。永远找不到了,就这么不见了。

"不见了。"我们的病人看着我,他痛苦的表情让我把看到这个场面那一瞬间的恐惧都驱散了——他的脚趾不见了。他将不能正常走路，不能跑步，不能光脚丫。他摇摇头。

他躺在担架上冒着豆大的汗珠，青草的碎片从他身上散落下来。他整个人闻起来就是血和机油的味道。

这是我在城乡救援站的第一个任务，第一个911的任务，我太高兴了。我很开心来到这里，成为接受这个任务的人，很高兴他切到自己的脚趾。到时医生会告诉他他们无能为力了，但可以帮他缝合起来，只不过，脚指头只能是他的回忆了。

弄一根拐杖吧，她会这样说。这些话会让他心碎，但是不能打败他的精神，他总会挺过去渐渐好起来的——最终，他甚至还能重返工作。我来这里的目的不是诊断或是治疗的。我来是应对受伤之后那一瞬间的混乱和惊慌的。我的同伴——医务人员杰瑞，已经在这行干了很多年了，所以一个失去三个脚趾的男人根本不足以吸引他的注意力。但我呢？我的第一天？足够神奇了。我们把他送到医院，又接着跑其他的任务了。

我们最后一个任务是去接一个女人，她整晚和一堆的牛排刀待在一起，还有一摊不断扩大的、逐渐凝固的血迹。杰瑞和我检查了整所房子，把所有刀都收了起来，寻找第二个受害者会是什么——因为没有人会有那么多血。不过这里只有这个女人和附在她身上的恶魔，她不会告诉我们她做了什么，她只是不停地说那太糟了，糟糕到不能告诉任何人，她只希望自己能死掉。有一把切肉的斧子掉在厨房地上，有血迹，生锈了，旁边是一把弯刀，通常用来切鱼排的那种细细的刀。她不屑一顾地把刀踢开，嘴里说着"真是没用"。

这就是我第一天的结束，结束的时候我都还不想离开。回到家我唯一想的事情就是期盼着下一个轮班。我想做的就是出勤，救病人，开救护车，在小镇贫穷区的便利店里排队。这身制服，浅蓝色的衬衫，手臂那里还有标识，是打开门的开关。那意味着专业。那种感觉像充了电一样，作为一个参与者，我知道只要有事情发生，我就会被派去处理。就算是救援站污浊的空气里，广播里传来的每一个字，都会让我燃起火焰。紧急医疗救援是我从未看过的最伟大的演出，当然它不是真正的演出，它是真实发生的事情。不，比那还多——是真实经过萃取和沸腾剩下的精华。

9
危险人物

我刚来不到一个月，杰瑞就被炒了鱿鱼。一天早上我刚进救护站，迎接我的是两名主管和运营主任。他们让我坐下，说他们想要问我几个问题。有人问我需要喝什么，我战战兢兢地回答要一杯水就好。运营主任很矮，是个秃头，胖得有些吓人。我们在员工宿舍里，风扇没有打开，他开始不停地流汗。从隔壁房间，我们可以听见冰块掉进杯子里的声音，还有拧开水管接水的声音。当水送过来的时候，我一口气喝了一半。

我琢磨着两个主管和这个运营主任何必大老远跑来，如果要炒我鱿鱼的话，一通电话不就行了吗。也许这是一个让我解释的机会……无论是什么情况。老天呀，我在这里才这么短的时间，根本还没有表现的机会，就要把我炒掉。对于杰瑞，好吧，也许他是该被炒。他对待病人、主管甚至是整个工作的态度都很糟糕。他是怎么样和为什么加入紧急医疗救援队伍的我不知道，不过他待的时间足够长。这个镇上的所有医务人员都认识他。连我都知道这个事儿，那至少说明了些什么。过去的几周是极度混乱的，我甚至都快忘记自己的名字了，我一直在做的就是让自己不要被工作淹死。

每一分钟我都在学习一些新的东西，一些能够、理论上也可以改变其他人命运的东西。怎样通过广播交流，怎样和医生说话，怎样和病人沟通。怎样去做那些我在学校里学过的东西——场景演练、黑板上的知识、包扎伤口——不仅仅是要恰当，更要快速。怎样在移动的救护车上做静脉注射，怎样在老年人、病人、受伤的人、濒临死亡的人甚至是临床上已经死亡的人身上注射。我一点儿经验都没有，所以一开始的几个轮班，都是杰瑞说什么，我做什么。所有的事情变得清晰起来，然而，杰瑞这次却走错路了。

作为富尔顿县 911 救护车的员工们都有一个信条——运送所有打电话给我们的人，无论什么理由，我们都不能拒绝。只要他们打电话，他们就能被运送。如果一个女人凌晨 3 点打电话来，只是因为她做了噩梦，送医院吗？送。牙疼？送。某个家伙打电话来假装背疼，其实他只是想让我们送他进趟城里呢？送。但是杰瑞就不会送。不仅仅这些人，如果可以，他一个也不想送。某天晚上我们在一家夜店外面处理一起戳伤事故，那里像是商业区里的狂欢节一样乱糟糟的。两个女孩——穿着泡吧的衣服，因为廉价的酒精而喝醉了——开始打架。有人把啤酒瓶敲碎之后戳到我们病人的颈部。并不是割喉的那种，但是伤口恐怖得像是没有煮熟的汉堡包。我帮她包扎好之后，我告诉女孩她必须跟我们走，但她根本没有那么想，她没有时间给我们，没有时间打破伤风针，没有时间缝伤口，当然，也没有时间去医院。在我告诉她所有她必须跟我们走的理由之前，杰瑞告诉她，如果你现在离开，我们没有权利去追你。于是我们就这样让她走了，不去医院，不收费，不问任何问题。

当我之后提起这事儿，杰瑞总是不理我。他说那是她的选择，轮不到我们告诉她该怎么做。对我来说，我们当然是那个必须告诉她该怎么做的人。但是杰瑞翻了个身，继续睡觉了。

这是我准备告诉他们的事儿，他们全都来了，我猜想就是为了听这个吧。相反，主任说："跟我说说他的女朋友吧！"

"这次是关于她？"

杰瑞和一个在亚拉巴马的医务人员约会，他试图说服她来和我们一起工作。某一天开工，我到的时候，她就在那儿了，穿着制服。杰瑞说她会跟我们一起出勤，看看她是否会喜欢。他对这件事儿是否被批准，回答得很含糊。我猜想她应该只会跟几小时，然后就休息了。可惜并没有，她跟了全程。晚上，她钻进员工宿舍杰瑞的床上。关灯之后，我听见一些声响——亲吻声、咯咯的笑声、拉链声、嘟囔声，还有劣质床垫轻轻摇晃的声音——单身的人会付钱做这些事，但是我不单身。

主任用他肥胖的手掌在前额擦拭了一下，然后又放到裤腿儿上搓了搓。他说，跟车从来都不被允许。他无法想象为什么杰瑞认为自己可以就这样随便带着一个人出勤。"规定都是有原因的，"他说，"出于正当的理由和安全理由。你明白的，对吗？说你是明白的。"

我其实想说的是听着，我只是跟从杰瑞的领导，而杰瑞，好吧，他就是那种随心所欲的人。我不是杰瑞，我只想保住自己的工作。

"是的，先生，我明白。"

是真的，我明白。这一整天，医务人员如果没有向城乡救援站申请，那些从来没有参加过面试，文凭没有被认证过，从来没有被雇用过的人直接跟车和治疗病人，很清楚，这样的事绝不能发生。

我的无辜救了我，我没有被炒鱿鱼，严厉的责骂是逃不了的。主任说我早应该知道、早应该问、早应该告诉其他人。他坐在杰瑞的床上，他一说话，床就在他的重压下发出呻吟，熟悉的嘎吱声。我问自己：如果我把那天晚上的事告诉他，那个床垫上发生过什么，他会不会觉得是个笑话？终于，他挣扎着站起来——不堪重负的床垫发出最后一声尖叫，他说："简单说吧，杰瑞走了，我们会帮你找个新搭档的。"

然而我得到的不是一个新搭档，而是一连串的兼职搭档。当每一个人问杰瑞发生什么事儿，我告诉他们时，他们一点儿都不惊讶。他们都点点头，认为迟早会这样。也许他们不是指他具体做的那些事儿，但有一部分是。像杰瑞这样态度很差的人，在紧急医疗救援群体里很普遍。对于个人来说，这些兼职搭档都认为职业倦怠感是正常的。夜以继日，没有假期、错过生日，所有这些都会累积起倦怠感。我的搭档们不断提醒我，我不过就是个紧急医疗救援人员，不过就是一小时挣 11 美元——和在星巴克打工的人挣得一样。有多少咖啡师会被溅得满身是血，或是被吐得满身脏兮兮的，又或是让他们去挽救某人的生命？

每一个人都告诉我会产生职业倦怠感，只要我一直干这份工作，我也会崩溃，重生，再崩溃。大多数人最终选择离开，尽管有一小部分会一直留下来，这些人当中大部分都很热爱这份工作。但是也有一些——他们人在这里，心却不在，他们只是懒惰或者是不知道再去找什么工作。这些人，像杰瑞，就会变成危险人物。我在工作中见识过杰瑞，我知道我该寻找什么，而我那些兼职的搭档，他们还不能满足。他们觉得在杰瑞身上看到的还不够。而我需要从现在起提前识别出那个会产生转变的信号，那个信号也许会出现在另一个搭档那里，或者，愿主保佑，不要出现在我自己身上。

　　我被教育的过程就像是午夜的恐怖故事，整个职业生涯积累的知识萃取出的居然是它的对立面——尽是医务人员不该有的行为。我听过无数个关于危险人物所作所为的故事，他们粗心、懒惰，甚至是刻薄。但最终，只有一个故事脱颖而出，就像漂亮的一击，短小精悍，直接让你陷入还有什么更恐怖的事情会发生的想象之中。

　　一个老年人被发现倒在地上，呼吸微弱，濒临死亡。他得了癌症，心脏衰竭、肺衰竭、肾衰竭。他没有家人，也没有求生的欲望。进到屋里的救护员，把戴着手套的手放在病人的嘴巴里。

　　那些故事终究成为故事。也许只有这一个故事，也许不是。

　　我不太确定杰瑞是否真的远离这条路了，但感谢他的女朋友——是她那容易扯开的裙扣和那个吱吱作响的双人床——让我永远都不必再寻找真相。

10
游客身份

　　我的状态一天比一天好，学了很多东西，但还很嫩。我还不够好，这需要时间，我在朝那个方向努力。我不断地被告知学习的方式就是睁大眼睛、闭上嘴巴。只要听和领会，这对我来说再简单不过，我听他们说的所有事情。他们就是我不定期的轮班广播。作为一个小组，他们比杰瑞好多了，但远远不足以带动我。不是说他们不想在这里好好干，只是因为他们来这里都是存着私心。他们就像是游客，不过滤掉他们奇怪和失焦的观点，其他都还说得过去。

　　最常和我搭档的兼职是一名健身教练，有巨大的牙齿，这又大又白的牙齿分得很开，中间的缝隙足以通过一个人了。1.9 米的身高，胸肌像一个小的啤酒桶，肩膀很宽，开朗的声音里带着来自佐治亚南部的口音。而他衬衫的大小看起来和我的差不多，卷到肱二头肌这儿的袖子刚好遮住了他的文身。他是我遇到过的最和善的人了——总是微笑，笑声很爽朗——我想是因为当一个人足够强壮到可以徒手制服一只熊的时候就会有这样的特权了。他做医务人员已经20年了，他有着处理任何紧急情况的超然和暹罗猫一般的冷静，他对老年妇女很有一套。

她们每天都会用你想象不到的理由打电话过来，他每次的解决方法都一样。她就这样——无非是被包在睡衣里的一把瘦骨头，他走进去，像一头公象。他靠近她，然后坐下，无论她在哪里——在床上、地上或是裸露着泡在浴缸里——他会握住她瘦如柴火的手和她说话，仿佛全世界只有她的存在。这是他的办法，而且他在这方面很有天分，但其实他的思想已经飞到其他地方去了。

任务间隙，他把全部的精力都放在健身杂志上，他不单单是阅读，而是像对待某种信仰一样认真地学习着，他用手指指着每一个字阅读。偶尔，他还会往回翻阅，把刚才读到的内容和昨天读到的内容相对照。他把这些杂志放在一个粗呢袋里，工作开始的时候，他会用一种崇敬的心情把它们放到一旁，他已经不是一个单纯的读者了，而是一个忠诚的卫士，祈祷着把上面的知识装进自己的脑袋里。他不停地阅读，安静而入迷，然后他会没有预警地突然从他自己的椅子上滑下来趴倒在我旁边。用他粗大的手指指着引起他注意的那页——要么是大量利尿剂可以塑造小腿肌肉，要么是各种赛前身体按摩油的功效大比拼，要么是太阳晒出的古铜肤色和日晒床上晒出的橙色肤色相比更有美感。

他还带了另外一个粗呢包，里面全是营养品。每一个班次吃三次。他把拉链拉开，从里面拿出一个搅拌机、一把大勺、一个超大的塑料杯和一个装着他一周所需的各种蛋白质的巨型罐子。

倒入水，然后加入两或三勺的白色粉末，再撒一点肌酸或者雄烯二酮，然后盖上盖子，按下浓汤键。他总会递给我一杯请我喝，当我拒绝的时候，他就会凝视着我——一个可怜的无药可救的人——好像我只需要正确的婴儿油、日光浴和长肌肉的奶昔就能改变我的命运一样。

他能够来这里是因为我们的工作安排是干一天休息两天，这样他就有时间训练。加之整晚的工作压力巨大，处于高强度的持续运动，他需要这种活跃的生活方式——还有利尿剂——为了保持苗条，因为像他这样强壮，一旦吃食物还是会没有力气。他承认只要他没事干，他的意志力就会沦陷。"单单午餐，"他告诉我，"我会吃肋排、三个汉堡包、好多的水果和一大块芝士。"一天晚上，在去医院的路上，他吃了一整包的棉花糖。

这个健身教练很让人难忘，但他不是唯一一个，还有约瑟，也是一个游客类型，但是他更安静，需要很长时间才会开口说话。那天傍晚，太阳从亚特兰大机场附近的一个被废弃的公寓楼后面缓缓落下。飞机在头顶隆隆作响，我们站在一个尸体已经发胀的男人身边，从气味儿判断，应该是几天前被打死的。我们什么也不能做，只能等着，等着法医，等着不让孩子们被尸体绊倒，等着尸体爆开。终于，20分钟后，约瑟开口说话了。

"我开车的时候总是喜欢把窗子摇下来，"他一边说一边笑着，"就算是天冷、天热或是下雨，都没关系。倒霉的下雪天，我也会开着窗，因为这个。"他拽了拽制服衬衫的领子，"女孩们喜欢这个。"

那些被制服吸引的女孩——对他们情不自禁地着迷——会向他示爱。在沃尔玛、在麦当劳、在加油站，甚至是当他运送病人的时候。

约瑟承认紧急医疗救援不是他的兴趣，那只是一份工作，这份工作目前还行，但是他没有想过会在这行干到退休。"我其实一年前就该辞职了，但就是因为一些女孩，兄弟，该死的，就是这些女孩。"现在，他已经适应了。

还有其他人。一些应届毕业生，他们在大学里玩儿得太多，简历里面现在需要社会实践支持来帮助他们进入医学院。还有一些小型公司业主——承包商、景观设计师、税务代理人——在光景不好的月份里也可以有稳定的收益。还有一个前厨师，他也是个酒保，他完全不知道自己是怎么来到救护车上的，他一心只想逃跑。

在这里，在这些游客之中，我开始体会到像家一样的自在感——我可以融入其中，也可以坚持做下去。他们并不奇怪，他们也不可怕，他们什么都不想，他们只是简单地在做一份工作。他们选择这份工作最主要的原因就是这份工作很有趣，那些有其他工作的人，这份兼职恰到好处而又不增加他们的负担。从他们那里，我学会了，人在其中，而心可以不在这儿。我可以当个业余的人，像一个游客。

"什么鬼东西？"

我的搭档，一个频繁来去的兼职，我都还没记住他的名字，他说："气球泵。"

"那到底是什么？"

我站在一个陌生人家的客厅里，黄色的粗毛地毯上有一块因为长期被踩踏而留下的棕色污迹，花纹图案的墙纸，有电视机，但是没有沙发。事实上，除了一张医院里的病床，一样家具都没有。病床是推进来的，而且已经固定好了——是一个缩小了的拖床。我们的病人躺在床上，这是一个看起来很虚弱的男人，应该有一年没有站起来过了，甚至更长的时间。他穿着尿布，味道难闻极了。他的身上连着输液管和喂食管。他全身插满管子，依靠机器在呼吸，除了这些仪器，他活着还靠一个叫作气球泵的东西。

我的搭档询问病史，昼夜守护的护士拿出一叠纸开始读。她提到了气球泵和输液管，飞快地说出了药名、滴率、诊断结果、并发症以及操作程序。我什么都不明白，完全搞不懂。我意识到过去的几个月里，我只是到达了一个小小的山峰，见识了这个行业的冰山一角而已。直到现在，我只处理过急性发作和病因明确的病人，这些病人——包括那个被砍掉几个脚趾的人——其他的身体都是健康的。

这次不同了。

信心开始丧失，我往后退，想逃开，我不确定自己应该做什么，他们给了我简单而直接的指示，但我还是做不好。

到医院我们就可以松一口气了，把他从救护车上弄出来，然后离开，最后，忘记这个病人的存在。

把他弄上车就大费了一番周章，弄下车也是同样的。护士挤满了病房，我的搭档正在和医生交代着什么。一个医务人员走了过来，他看到我不知所措的样子就把活儿接了过去。

"不介意我进来吧？"

我立刻让开，双手举起，"一点儿也不介意，你是专家。"

"所以你都做了些什么？"

他说这句话的时候看都没有看我，也没有减慢速度。你都做了些什么？这不是一个问题，而是指责。我想解释说我来这里其实只是因为好玩儿，就像一个游客。但是我意识到，在那个时候，这样的解释是多么的无力。躺在病床上的人那么真实，那么多的设备是为了让他活着。所有的这些都那么真实，除了我。我像是梦游一般经过了某个人的生命。

这种感觉并不新鲜。从大学毕业之后，我就是在做一份工作。我一直在那里，但从来没有投入过。缺乏热忱、缺乏专业精神、缺乏奉献。我准时上班，除了安排的工作，多余的我什么也不做。这样的态度也被带到了紧急医疗救援当中。尽管我在学校里学习了八个月，尽管名义上，我知道我所承担的责任。我在完成任务的时候并没有尽全力，我把工作当成玩乐，根本没有投入，我救治病人的时候没有真正地付出关心。我的目标不是更好而是还行。我仅仅是个凑热闹的人，是个偷窥者。

11
真正的信徒

最终，克里斯是那个把我带出沼泽的人。克里斯是职业医务人员，有点儿像是皈依了一样。他是紧急医疗救援的拥护者，一个真正的信徒。在他的巴士上没有游客一说。

他是少数能力极强的医护人员之一，那些人在救护车上服务的年限都很长了，那是一个认知世界的独特地方。克里斯，和其他所有的信徒是一样的，非常专业。他可以快速并且准确地判断出病人呼吸急促是因为哮喘还是心率衰竭导致的。他也可以娴熟地控制现场秩序，接生婴儿，止住大出血——但他在地图上却找不到挪威的位置。

"没关系，"他说，"我在这儿又不是专门救挪威人的。"

他从小就有着成为医护人员的梦想。他高中毕业后的第一份工作就是在一个亚特兰大南部小镇上一个很小的消防队里。克里斯驾驶着小镇上唯一的一部消防车，那里太偏僻了，能提供的服务很少，几乎全要依靠志愿者。克里斯那会儿工作的时候，他是唯一一个带薪的急救人员，意味着头一天的那个家伙下班了，那他就得一个人待在消防队里。一个人吃饭、打扫、看电视、睡觉。他也必须一个人出电话外勤，他不会知道有多少志愿者会来帮忙，如果有，他们就会来。他在那里待了一段时间之后就去护理人员学校上课了。

当他开始在城里工作的时候，是 20 世纪 90 年代中期，亚特兰大还是一个破败的地方。还没有举办奥林匹克运动会，第一波全面的城市化发展和中产阶级政策还没有出台。整座城市的房地产项目还未启动，一到下午 6 点，商人们飞离市区，把它留给那些无家可归的人、妓女、吸毒的人、暴力犯罪和那些穷困的人。毒品供应商相当自由，无所顾忌，在任何他们想开店的地方开店。不止一次，医务人员从公寓里出来，就会看见毒贩子正靠在救护车的引擎盖上交易。他们只能无奈地看着毒贩子用大麻换回一些又潮又皱的美元，等到那些瘾君子慢吞吞地离开，毒贩子得意扬扬地走进黑暗之后，他们才能把病人抬到救护车上。一天晚上，十几个亚特兰大警察挤进一辆救护车里，他要把车开到一栋建筑物里实施突然袭击。这次突然行动打破了紧急医疗救援中心和社区之间的默契，搞得克里斯一年里大部分的时间都得穿着防弹背心工作。

无论有什么危险，这就是他梦寐以求的工作。一天下午，他跪卧在高速公路上，把一根呼吸管插入受到严重伤害的病人的气管里。他想了一会儿，考虑了一下自己的处境——警笛的哀号，令人眩晕的汽油味混杂着汽车燃烧产生的刺激气味，川流不息的车流往南开去，路面在脚下震动着——他简直不敢相信这就是他拥有的幸运，他拥有的工作和他拥有的生命。

在路上跑了几年之后，他到儿童医院找了一份工作，当紧急医疗救援中心提供主管职位给他的时候，他又回到了紧急医疗救援这行。他就是发现杰瑞的女朋友违规跟着我们出勤的那个人。突然之间，南富尔顿城里最忙碌的救护车上空缺了一个医务人员的职位。这个时刻是在克里斯生命中一个奇怪的阶段来临的。他做医务人员已经12年了，在消防队做过，在救护车上，在医院里，现在，他成了主管。他的婚姻岌岌可危，而紧急医疗救援已经没什么新鲜东西再让他学习了，他恰好处于要么耗尽自己之后离开这个行业，要么成为危险人物的阶段。

但是克里斯是真正的信徒，对他来说，待在救护车上，吃饭被打断，深夜救治心脏停止跳动的人，和老人、病人、精神病患者一起大笑都是稀松平常的事。不出意外，他最终都会脱下主管穿的白色衬衫跳回救护车的后车厢，然而加快他做决定速度的原因却是我。他出现的那天，嗅出了杰瑞的谎言，同时他也看见了一个年轻的紧急医疗救援人员，一个眼睛还睁得大大的，想要探寻紧急医疗救援工作的年轻人。克里斯意识到这是一个重新开始的机会，他会重新爱上这个工作。

从第一天起，从我和克里斯的第一个出勤任务开始，紧急医疗救援的工作开始吸引我了。这不是一时性起，而是一种职业兴趣的吸引。是一种召唤。我们大笑，我们搞恶作剧，我们出勤。他引导病人的关注，我在一旁观察；他教导我如何在发挥权威和得罪人之间找到平衡，要在不经意间检查病人的手指上烧过的痕迹，以便发现他是否是瘾君子，为自己的逃跑路线计时——不论有没有带着病人——这是要从进入现场的那一刹那就要开始做的。克里斯没有说过这些，但是他的意图很清楚，他正在把我转变成一个真正的信徒。

12

致死的西蓝花

调度员真是个话痨，跟我们聊，跟其他同事聊，跟主管聊——偶尔还会自言自语。她的声音简直就是工作中固定不变的东西之一，尽管我们听到她一直在说，但是除了心脏衰竭，其他词没有一个能引起我们的注意。在所有的求助电话里，这个是最重要的。病人要是心脏衰竭的话就几乎等于死亡了——他的心脏已经停止跳动——如果我们能及时赶到，就能改变些什么。急救心脏衰竭不只是救命的机会，更是起死回生的机会。

直到感恩节前我都没有遇上一个心脏衰竭的急救。我是个新人，非常渴望能够把自己的技术用在这样关键的时刻，我真的希望某个陌生人能发生这样的事让我来急救。很变态吧？也许有点儿。但是这些事总是避免不了会发生，发生的时候我希望我能在那里。所以我等待着，向往着，都有点儿不耐烦了。

克里斯知道得更清楚，节日将至，总会有人在节日里死亡。

他说在他超过十年的急救经历中，几乎所有的重大节日里都有心脏衰竭的任务需要抢救。"别担心，"他说，"我们会遇上的。"

感恩节开始得有些不同寻常的安静。广播也很安静，我们看了游行直播，看了足球赛，做了晚餐。几公里之外的一个家庭也做着同样的事情。他们是个大家庭，兄弟、姐妹、阿姨、叔叔、表兄妹、父亲、母亲，甚至还有父亲现在的女朋友。奶奶穿着浅色的穆穆袍在厨房里忙碌着，尽量避免想起睡在后面卧室里的爷爷，爷爷中了风，穿着纸尿裤，现在正躺在床上不停地抱怨。她的两个孩子向来处不拢。过去，爷爷酗酒且专横，家里的每个人都很压抑。这些年，爷爷不能动了，大家胆子都大了起来，两兄弟就开始争吵个不停。

两个人因为各种事情吵架，为了火鸡、填充的食材、红薯、甘蓝和便宜的红酒。现在是奶奶坐在了主座上，她把手里的叉子戳进一块西蓝花里，然后让他们别再吵了，这可是感恩节，友好一点儿，有点儿感恩的心。他们只是在奶奶把整块西兰花塞到嘴里的这段时间停止了一下争吵，紧接着，又开始了。弟弟非常愤怒，吼了起来。两个男人都站了起来，奶奶把叉子使劲扔在了地上。她满嘴的西蓝花，在她再次想阻止他们争吵之前，她急促地呼吸了一口。这个时候，全家人都在等待着——奶奶，年龄虽然大了，但仍然精神矍铄，身体胖但灵活，还可以教训她两个喝醉了的儿子。

然而没有声音发出来，桌子的那一头很安静。很突然，这种短暂的安静就好像是暴风雨来临前的静寂。当然，那里没有暴风雨，只有绝望的嘟囔声，最后一丝空气从奶奶被堵住的气管里偷偷溜走了，她急促地用手拍打着桌子，在她的脑海里，绿色的泥状西蓝花会要人命是极有可能的了。兄弟的争吵声停止了，但也只是暂时的。接着就是困惑、辨别、震惊、恐惧。尖叫声四起，盘子被打碎，椅子被撞倒。奶奶的眼睛睁得大大的，嘴巴大开着，她把手卡在脖子上，像一个溺水的人，胡乱拍打着，挣扎着想要抓住任何可以抓到的东西。

有人拍打她的背部，用手指试图伸进她的嘴里——迫切地想要把西蓝花抠出来，却把奶奶的假牙弄掉了，反而又增加了一个障碍物。奶奶的头一直往前伸，她的假发从脸上滑落下来。她死了——高声地、隆重地——在感恩节晚餐的桌子下面。

有人拨打了 911。

没有人提到西蓝花的事情，我们只知道有人死在餐桌下面了，请我们快一点儿赶到。我们的确这么做了，同行的还有一辆消防车和 4 个消防队员。救护车疾驰在马路上，一点儿戏剧性都没有。救护车本身一点儿也不威风和吓人，还有警报，除非拉响它，不然也不会让人震耳欲聋。但是加足马力的消防车就完全不同了，它的声音很大，令人感到不安，4.5 吨的车身有超速的危险，还有女巫般的号叫声，这是涂了红漆的钢板，里面装着几吨晃动着的水，在路上很难停下来，路上的车都赶快离开，生怕它会撞过来。一旦这车鲁莽起来就很危险——就像是手上拿着枪的犯罪嫌疑人——如果从后视镜看到它的话就赶快让路。

我们开着车。警报响着，驶过一个个十字路口，我使劲踩油门，像是有大猩猩追在我们后面。克里斯看着地图指路，还没有 GPS 的那个年代，在救护车上掌握这个技能是十分重要和必需的。很多人就是不会看地图，慌里慌张把事情搞砸了。但是克里斯看地图很厉害。

我们继续开车。

一路上有些对话——都是有一搭没一搭的——一旦我们到了地方，我们会十分严肃直到清楚掌握情况。快速的询问很重要，就算是情形比我们想象的还要糟糕，至少我们知道了。了解情况就是一种安抚。一旦了解完，我就会觉得全身发热。来的这一路上，我开着车，感觉越来越冷，几乎要到发抖的程度了。这就是我的特点，每次接到严重的急救任务时，这就是我一种隐形的标志，我会觉得冷，而且一直发冷到到达目的地后，忽然地，就在一瞬间，我就会暖和起来。

我们跳下车，在我拿出担架之前，克里斯让我先拿一块硬板子。你不可能在床垫上做心肺复苏，每一次按压都会让病人陷下去。我们需要一个坚硬的东西来支撑心肺复苏。我把硬板从凹槽里抽出来，放在担架上，克里斯把心脏监控仪、急救包和氧气罐也放在了担架上，我把条凳上的急救包拽了下来，一起带走。

这个时候，消防员们也到齐了，和我们会合，他们帮助我们把担架拉出来，放在车道上，朝大门的方向推去。整个过程，家属都不停地在催促我们，说病人快不行了，但是我们还是不能跑，跑就意味着图快，图快就会造成粗心，而在这样的状况下每一个人都希望毫无差错。

进入大门的时候就进入了这一家子最糟糕的时刻。死亡通常都不曾平静，喧嚣而疯狂，充斥着泪水和颤抖，还有各种体液，所有的一切都被那令人晕眩的恐慌所笼罩。无助地站在一旁，眼睁睁地看着一个人死去是一种可怕的经验，但是当这个死去的人是你的母亲，整个世界旋转的速度就完全不同了。我们穿过客厅，经历了这一家人不同阶段的悲伤——有些在哭泣，有些在尖叫，有些在喃喃自语——手臂交叉着抱在胸前，紧张地转着圈走路。厕所传来冲水的声音。

奶奶还躺在餐桌下面，克里斯和一个消防员抓住她四肢的关节，把她抬了出来。当初那两个争吵的兄弟，忽然之间有了愧疚感，忽然之间充满了关心，其中一个对我们吼道，小心点，那是他妈妈，我们至少应该对她尊重一点。这迟来的关心是这个母亲能承受的最后一点点的侮辱了吧。她恐怕会高兴地翻过身来，拍打着朝他爬去，然后被他扶起来送到外面去吧。克里斯用手指按压了奶奶的胸部，想找到一点反应，一种生命的迹象，但是她那大睁着而混浊的眼睛眨都没有眨一下。

看看穆穆袍。

我们需要脱掉她的衣服才能对她进行电击，但是把这么巨大的一件袍子脱掉是很不容易的。那就像一个潮湿的降落伞缠绕在一起，我们对着穆穆袍发愁了一会儿，终于有人在衣服中间剪开了一个大约十厘米的口子，克里斯拽着一边，我拽着另一边，我们一起使劲，衣服的口子开到了她的肚脐眼下面。克里斯打开监控仪，拿着电击板放到她的胸上——左手的那块板放在她的胸罩上，右手的放在心脏下方的肋骨上。我们转过头，盯着监控仪屏幕上的波浪线，V 形的线条振动着，但依然显示没有心跳。克里斯给监控仪充上了电。

这个声音很特别，高音的一个叮，然后变为圆润的高低音交叉——嘀嘟嘀嘟嘀嘟，笃笃——意味着充电已经准备好。克里斯发出口令，我们全都把手让开，然后嘭的一声。她的身体弹起来离开了地面，背部呈弓形，头部往后仰，监控仪显示了一小条长线，一条直线说明心脏不再跳动，连微微的震动都没有。然后，渐渐地，V形线又回来了，他提高了电流的强度，重新充电，清晰地喊着口号。又一次电击，又是一条直线，然后V形线又出现。他再次提高电流强度，再次充电，再次喊着口号电击她，依然毫无变化。

一名消防员干脆跪了下来开始给奶奶做心肺复苏——很用力，用几乎可以伤害到身体的力气。双手压在胸罩上，双臂紧锁，用尽一个成年男人所有的力气不停地按压。胸罩从肋骨的地方崩开了，胸甲的连接处随着每一次按压都崩开了，造成的崩裂声就像是厚厚的冰块在深处破裂一样。克里斯抓过急救包把通气管的工具拿出来。我跪在地上挪到奶奶身边，拉住她的手，是时候静脉注射了。

从来没有证据证实药物能够在心脏衰竭救治中起到实际的作用，但是我们还是要给药，说是在药物的作用下死去会好受一些。注射肾上腺素，给心脏强烈的刺激，就像是冲锋队员，尖叫、疯狂、歇斯底里地让心脏有所反应。在那之后，注射胺碘酮，就像是警察的角色。那就像洗澡水一样温柔，一个使人安静的声音在低语着万事都会好起来的。这样的组合同时起到警示和安抚心脏的作用。跟随我们，都会没事的。

我把奶奶的手臂拉直，但是找不到血管，这样的情况在心衰的病人当中是常见的，从根本上说，他们已经死了，没有血流，血管当然会变得扁平而难以找到。我在她的上臂缠上了压血带，用酒精消毒了要扎针的地方，什么都看不见，我还是把针扎了进去。和培乐多一样的组织没有一点点血。毕竟，从病人到尸体，只相差一个官方宣布的死亡时间而已。我还在拼命寻找血管，克里斯朝我挥了挥手。

他有通气管的工具，一半的工具都在外面——注射器、管子、胶带、刀片——杂乱地堆放在他的周围，他用手背擦了擦额头说，有些不对头。他在检查奶奶气管的时候遇到了麻烦，有东西堵在那里。我问他需不需要吸引器，他点点头，"是的，来吸一下。"

这就是在救护车上救人比不上在医院救人的几个尴尬时刻之一了。我们没有像在医院里那样强劲有力的吸引设备。我们有的只是一个中空的塑料——一头是又细又长的尖头，中间是可折叠的部分，触发器在手柄这里。如果克里斯挤压得够快够长，也许最终会有足够的吸力。我们都有些怀疑，克里斯开始挤压触发器，可折叠的部分一收一缩——吱吱吱吱。什么也没有吸出来，他继续尝试——吱吱吱吱吱吱。全家人都围着看，小声讨论着——那到底是什么鬼声音？吱吱吱吱吱吱。

克里斯全身湿透了，终于，见效了。他震惊了，我震惊了。他把吸引器拿出来，一整块西蓝花吸在尖头上被拉了出来，茎干上还留着一排的牙齿印。"简直是在开玩笑。"克里斯低语道。我们看了看西蓝花，再看看彼此，再看看西蓝花。

障碍物清除，他把管子通过她的喉咙伸到气管里，然后用胶带把管子固定住。到时间该走了，还有很多电击要做，还有很多心肺复苏要做，药物要跟上。但是事实上已经结束了，在过去的20分钟里我们所做的努力都完全是白费的，通常意义上来说，没有一个有好的迹象。我们带着病人和所有的设备快速到了外面。两名消防员钻进车后厢帮克里斯的忙——在他喘气和打针的时候帮着做按压。

我们就要准备离开的时候，奶奶的一个侄女问她能不能跟着我们去。这是个艰难的要求，救护车的空间那么小，如果她情绪失控的话，我只能迅速地一脚把她踹到高速路上。但她看起来还算冷静，我帮她把车门打开了，她爬了上来，扣好安全带之后，她发出一声痛苦的哀号，然后用高低起伏的声音一直哭到了医院。

里面有一群医生和护士在等待着我们，克里斯提供了报告，医生们检查着我们发现的情况，我们所做的没有给他们提供什么帮助，他们立刻着手他们的工作。很快他们也结束了，她的死亡时间是 19 点 23 分。

西蓝花又害死了一个人。

我走到外面打扫和整理救护车，我一边扫地一边陷入了沉思，直到踩碎了奶奶的假牙。救护车的地板是铁皮，在我的重量之下，假牙碎裂的声音很大，陶瓷裂开了。我走了进去，手里拿着碎成两半的假牙，找到奶奶的侄女。她现在安静了下来，比刚刚在救护车上平静多了。我伸出手，诚恳地看着她的眼睛，向她解释我刚刚把奶奶的假牙弄坏了。她点点头，把假牙放到自己的手上，简单地对我所提供的帮助表示感谢。我不确定自己是否值得被原谅，更不用说是表扬了，但我告诉她不用谢。我想要流泪，想要给她一个拥抱，我想这一辈子都待在救护车上。

13
搜救者们

"病人能否活下来重要吗？"

克里斯坐在驾驶座上，眼睛离开前方，看了看我。"天啊，"他说，"天啊。"

当他松开油门时我可以感觉到救护车滞后的微妙变化。他松开了方向盘，手臂变得柔软了一些。我们开车在大街上溜达，谁都不在意目的地是哪里。"天啊。"他又说了一次。我点点头，我突然对我提出的问题感到很骄傲。他沉思了一会儿，没有给我任何结论，继续开着车。

早春清晨 5 点，外面夜晚的天空是深紫色的，微微透着一些橙色，南方的 4 月总是这个样子。树叶开始发芽，虫呀、鸟儿呀——它们都回来了。笼罩大地的湿气还没有来临，是的，到那个时候，一切都会是那么完美。那就是我们正在讨论的事情——911 紧急医疗救援最完美的样子。那是我们经常讨论的话题，早餐、晚餐、午夜的时候我们都会讨论。有时候，都睡着了，我们当中的某个人会突然醒过来，说出一些看法。如果他的血溅到你身上，如果他吐在你身上，如果你在沾满他尿液的地方滑倒。如果那些都是属于完美救援的话，你会在那些地方吃东西吗？

我们会讨论这样的情况应该发生在什么时段，最终我们觉得应该是午夜。接下来的问题是在我们的支配范围内我们需要怎样的资源，多少病人会卷进来以及什么类型的电话——生病或是外伤——才是完美救援的样子。我们都认为必须依靠自己，没有就近的援助可以寻求，只能靠自己。那应该是创伤性的求助电话。圣诞假期，我们一起承担了第二起心脏衰竭救援任务。相当的疯狂——简直就是人们常说的"搅屎棒"。我们到的时候，那个女人其实患的是哮喘。我第一个进门，然后发现她正坐在沙发上——汗水湿透了全身，手放在膝盖上，眼睛都快爆出来了，嘴巴大张着想要呼吸。她绝望地看着我，上气不接下气地说："别让我死！"

但她还是死了。

我们把她拖到玄关处开始对她进行心肺复苏，不一会儿，消防队员们也到了，帮我们把她抬到救护车上。我们用电击的方式刺激她的心脏，让她活了过来，但是仍然没有意识，一两分钟后，她的心脏又停止了跳动，再也没有恢复。因为这一切就发生在我们面前——开始还在说话，然后不说话了，接着没有呼吸了，然后心脏停跳，接着心脏又跳动了，然后又不跳了——又乱又复杂，我们只好不停地变换策略，使用不同的药物和救治方式，总之就是差那么一点儿。

在这次死亡和非死亡不停变换的急救过程中，我忽然明白，这次急救几乎涵盖了完美救援的所有特征。我抬起头想说出自己的感受，发现克里斯正用一个古怪的笑容回应着我，我知道他也有了同样的感受。就差那么一点儿，但还不完全是。因为这里只有她一个病人，并非大规模的惨案。

所以完美救援不能只是纯粹的医疗救助。还应该有血，有骨头，也许还有烧焦的遗骸。当然，也不能是纯粹的意外伤害。纯粹的意外急救电话意味着我们只需要帮她止血，然后抓紧时间送往医院就可以。剩下所有的事都交给那些外科医生搞定。所以不行，完美救援应该是包罗万象的。它的场景里应该有几个死亡的人让我们目瞪口呆，还有受重伤就快死亡，需要介入治疗，尤其是我们的介入治疗的病人。多重机制是我们发明的词语而且很贴切——也许是一场汽车事故引起了大火，然后热浪把某人冲下了桥；或者是一个子弹，穿过第一个人的脑袋——他死了——然后又刚好穿透第二个人的肝脏，最后击中一个油箱，巨大的橙色火焰点燃整个场景，我们抢救伤员的地方成了葬礼的地方。或许也不是。

那么问题来了。病人必须活下来，才算是完美救援吗？更为复杂一点的是，如果我们挽救了病人，那么一个普通救援是否就可以升级成为完美救援？是不是拯救生命胜过其他所有事情？

最终，我们认为答案是否定的。完美救援不一定是病人被救活下来。挽救了生命也不能把一个普通救援升级为完美救援。我们认为我们不是造成灾难的原因——我们不是那个超速驾驶又不系安全带的人或者过量吸食海洛因的人或者制造自杀式谋杀失败的人，我们当然更不是那个拨打 911 和打开门的那个人。我们只是那个出现在那里的人。当然，完美救援跟病人没有关系，跟我们自身有关系；跟体验有关，对于病人来说，无论什么体验都不会好。所以一个我们努力让病人活下来的普通救援还是比不上一个完美救援，哪怕病人最终死去了。但只要我们率先到达那里，在极端条件下，表现得比预期好而且迅速，其他又有什么关系呢。不是每一个病人都会活下来，所以为什么要让一个死亡将一场盛会的努力都抹杀呢？

真的，对于我们来说，这就是盛会。克里斯和我一起搭档了八个月，我们已经不仅仅是伙伴更是朋友了。工作之余我们一起娱乐，我参加了他女儿的生日会，见过他的家人。每三天，我们就会有一整个 24 小时待在一起。我们有同样的幽默感，像劳拉与哈代那样互为补充。我又高又瘦，他很壮实。他出门不停地找厕所，而我完全不能在公共厕所上大号。他实在是很可爱，而我干瘦又讽刺的幽默常常会得罪人。他很少到东南亚去，而我已经去过亚洲三次。他是一个经验十足的医护人员，而我是一个渴求知识的小学生。

决定好了什么是完美救援，我们就积极地出发寻找它。管理层把南富尔顿县分成了五个区，每一个区会根据它的特点配备不一样的救护车。主管的办公室在第一区。对于其他人来说，来工作就意味着完全是自己一个人，但是第一区的员工们就睡在和老板一墙之隔的地方。因为他们不能有侥幸心理，他们在那里，要么乖乖遵守规则，要么就被发配到其他地方。那个通俗的规则就是"别在第一区乱来"。

第四区出了名的安静——一个班次通常就是两个救援电话——比较吸引那些懒惰和厌倦了的人。目前最酷的区应该就是第五区了，那里有富尔顿工业大道，除了工厂、卡车休息站、脱衣舞俱乐部和廉价的汽车旅馆，其他什么都没有。工厂和仓库会发生很多的意外创伤，而卡车司机会发生各种你想象不到的意外。如果说富尔顿的工业有什么特殊标志的话，长途运输应该是唯一而特殊的存在吧。卡车司机会吸毒和召妓——廉价的、低俗的、缺牙齿的妓女，她们随身带着工具刀，还患有奇怪的热带病。妓女吸毒更厉害，大部分是吸食安非他命，那就会吸引到毒贩子、其他的吸毒者、持枪抢劫的人和流浪汉们。

第三区就不提了。

克里斯和我在第二区，是这个县最忙碌的区，无论北边还是南边。我们所服务的区是常住人口最多的，但事实上第二区只有两条大的街道：戈比路和旧国家高速路。

戈比路很短，很脏，而且拥挤不堪，老旧的房子都开始下沉了。旧国家高速路是一条繁忙的四车道马路，有许多见不得光的支票兑换点和快餐连锁店。红龙虾店生意总是很好，晚上，二十大酒吧和它的邻居冰雪皇宫就开始热闹了，大街上都是招摇的车和冒着烟的摩托车。

按照我们城乡救援站同事的看法，第二区是富尔顿最糟糕的一个区，但我和克里斯却非常喜欢。我们从不睡觉，从不待在救援站里。我们慢悠悠地开车在街上搜寻，不是等着电话打来再去救援而是预判它们的发生。我们会在深夜到处走或是停在某个夜店的外面。我们买了一次性的照相机，每一次看到有奇怪的事情时，我们都会跳下来拍照。一个穿着山姆叔叔服的人在税务局门口跳舞，一个刚吸了毒的瘾君子在唱歌，一个妓女正在到处寻找创口贴、纱布或是一块被单布。

每一个员工都会带一个笔记板，里面除了夹着笔记，还有一支专门给病人用的笔。除非是要给这支笔消毒，通常我们都不会动它。病人也不会用我们的笔。如果需要签什么文件，我们会打开笔记板，把这支笔提供给病人。这支病人用笔是我们在加油站买的。它被放在架子上的一个透明塑料盒子里，里面都是恶作剧的礼物。它本来应该是一支够大、适合手指粗大的笔——够长够大的肉粉色——但看起来真的很像是阴茎，每次我们把它递给病人的时候，他们都会有点犹豫，捏着它时仿佛随时会爆开似的。它确实会，它还是一支会放屁的笔，会跟手指开玩笑。当你抓紧它的时候，这支笔就会发出一声长长的电子屁。那些人握着这支人造阴茎形状的写字工具，然后发出肠胃不适般的放屁声，看到他们的表情时，的确有些好笑。尤其是在凌晨两点的时候。

因为我们一直在路上转，到任何地方的距离都会比较近。就算求助电话的位置不是在我们的区，但离我们比较近的话，我们都会立刻赶去。某个下午，我们离第三区只有几千米——克里斯突然想要上厕所，并且开始流汗，但他离卫生间还有一段距离——这时一个电话进来了，一个男人在屋顶上晕倒了。听起来很有劲，克里斯忘记了上厕所的事情，一把拿过对讲机告诉调度员，我们会去处理。处理老旧的房屋，在屋顶上移动，这些多半是消防部门的事，但我们先到了。于是我们把设备精简到绝对必需之后爬上了屋顶。我们发现这个人是个糖尿病患者，他晕倒是因为血糖过低。克里斯拿出生理盐水的同时，我蹲在发烫的木瓦上给这个人进行静脉注射。这是今天最精彩的时刻了——一个病人，楼下一群焦急的围观者，危险地在楼顶上给人输液——我们决定再也不漏掉任何一个这样的救援，一点儿犹豫都不会有。

大部分的员工都不介意被叫回去继续睡觉或是继续吃饭或是

继续做他们正在做的事情。偶尔会有个别人和主管会抱怨说我们为什么经常会离其他人管辖的区域那么近。这些问题会引起一些矛盾，但是克里斯不是怕事的人，他是这个组织里冉冉升起的星星，我们利用了他是前任主管，并且是主任的朋友的身份，自由地进出我们的区域，我们总是开着车，像两只在海洋里巡逻的鲨鱼，任何阻挡我们前进的规定都会被我们忽略。

14

午夜的两起命案

"我刚摸到脑浆了。"

"什么感觉？"

"黏糊糊的。"

旧国家高速路——我们辖区的四车道马路——极为拥挤危险，因为没有人会注意行人。它会吃了所有两条腿的东西，有钱的或是贫穷的，就像一头饿疯了的熊。马路的中间是开放的，某天晚上，这个中间区域就要了两条人命。

事情的发生就是如此简单，你从来就不会想到会发生这样的事情，等到事情发生了，你就会想知道为什么这件事以前没有发生过，自己身上也没有发生过。两个人想要过马路，那时已经很晚了，午夜，天色很暗。他们没有走人行横道。他们只是想等到车少的时候就穿过去。在半中间，也就是那个开放地带，他们停住了，等待另一边车少的时候再过，然而，这一刻再也没有来临，一辆准备左转的车快速转到这个中间地带，朝着他俩开了过去。驾驶员及时反应，但已经太迟了，他们被车撞到，四分五裂，弹到空中。他们——还有他们身体的各个部分——掉在地上到处都是。

克里斯和我最先到达，只听到急促大声的尖叫。有众多病人的现场救援规则是先进后出。作为最先到达的我们，需要进行勘察。要依靠我们的判断去呼叫最恰当的救援资源以及决定哪些伤者可以救治，哪些要放弃。给伤员分类是一个残忍的决定过程，救援队会集中精力在可以救的伤员身上，而只能忽略那些不能被救治的伤员。只要是在我们发现时已经没有脉搏的人，我们就不再采取措施，继续寻找其他伤员。有时候我们会发现还在抽搐的人，但他们瞳孔已经放大，呼吸已经停止，我们也不再采取措施。有时候，这些人会重新恢复呼吸，这会吓到我们，但并不吃惊，那我们就提升救援级别，他会被立刻送到医院。并没有恶意，我的朋友们，有时候生命会找到自己的出路。

今晚没有这样的困惑，我们看到的第一个伤员，伤得很重，但是从各种迹象看，她还活着。胸腔就像是一个沙袋——肋骨、胸骨、锁骨全都碎了。肺部被刺穿，大量的空气钻了进去。我们把两根又粗又长的针扎入她的肺部，想要把堵在里面的空气排出来，但过后想起来，那只是徒劳的做法。她的两条腿都被撞坏了，应该是被保险杠撞的。它们就是这样——保险杠——撞击之后，就会像洋娃娃的腿一样可以折叠起来。救援到达，第一个病人的精神已经支持不住了——她还活着，但不知道还能撑多久，好吧……

另一个伤员就不一样了，已经没有生命迹象，已经不是个伤者，不是一个可以被拯救的物体了。他被掀到了车顶上，头撞在驾驶员这侧的挡风玻璃上之后被甩了下来。他正躺在车前灯的灯光下，头骨裂开，面部被头皮遮住。我们无能为力。我们好像还可以做些什么，因为车前灯还亮着，在车里，驾驶员还在。

我走到副驾驶的一边，示意驾驶员把车窗摇下来。他坐在驾驶位上，眼睛一眨不眨地盯着碎裂的挡风玻璃。他僵在那里，一言不发，头发遮住了他的脸。

这个人——由于做了个错误的决定而成了凶手——杀了两个人，现在被他们的头发遮盖着坐在这里。他能感受多久，头发被剥落之后裸露皮肤的刺痛感？每一个卷进来的人都知道这是个恐怖的情形，这个家伙的确需要一些关注。

"你还好吗？"

他看着车头灯照亮下的一切，碎裂的挡风玻璃，那些头发，他没有回答。他也没有必要回答。我想告诉他，那并不是他的错，这样的事会发生在任何人身上，只不过这次倒霉的中奖者是他。

我把手放在车顶上，想要靠在车窗上，我忽然发现我的手触碰的不是冷冰冰的铁，而是一种带着热气、动来动去像果冻一样的东西——但那不是果冻。是脑浆，我刚好把手放在上面。

我站了起来，把手套脱掉，谢天谢地我戴着手套。我走向克里斯，脸色苍白，有点儿抗拒又有点儿好笑。

他微微皱起眉头好像在问，"怎么了？"

"我刚摸到了脑浆。"

15
钉到墙上

在有机会摸到陌生人脑浆的工作中，率性是很重要的。但最终，我失去了判断哪些故事可以告诉朋友们而哪些故事会超出他们承受的能力范围。玩笑里包含的死亡，只有我们这些急救工作者——积累了许多验尸实践知识的人——才会笑得出来。

我学到，例如，当一个新手警察准备把一具肿胀的尸体翻过来的时候，我们会尽快离开那个地方，因为尸体一定会破裂。不用说我也知道，把溺水者打捞起来的时候，千万不能钩住四肢，因为它一定会被扯掉。克里斯和我听到这些的时候会发笑，因为我们亲眼看到过，而且我们看到过一次的事情，总是会被迫一再看到。脑海里浮现出桑塔亚纳的格言，就像是浸泡在防腐剂里，之后在犯罪现场的镜头里又会过滤出来：那些知道腐烂过程的，一定会被迫反复见证这个过程。

总是会有新的尸体，新的充满恶臭的被蟑螂占领的房子。我们永远无法摆脱那些气味儿、液体，还有患了严重传染病不能洗澡的人身上带有令人作呕的味道。我们接过这些任务——恶心的、愚蠢的——我们还会接到这样的任务。所以当接到达瑞尔这个任务的时候没有人抱怨。并非因为那是晚餐时间，并非因为我们忙碌了一天已经筋疲力尽，并非因为那是学院足球赛季的周六，很多好戏就要上演。我们把他当作礼物，回报给那些满是蟑螂的房子、半夜的求助电话、闷在救护车三小时冲洗一个在父母家地下室打爆自己脑袋的家伙留下的东西。就像是《现代启示录》里的马丁·辛，我们恳求一个伟大的召唤，而主把达瑞尔给予了我们，一个喝醉了的乡下人，住在黑人区，就在今天他把自己钉在了墙壁上。

达瑞尔和塔米，他事实婚姻的妻子住在一个墙壁已经发黄的两层楼公寓里。那个地方年久失修，看起来就像是留给老鼠住的地方。我拿出电筒照在挂在门上的锡制门牌号，根据调度员给我们的号码，我再三确认。通常我都会这么做。有一个家伙——好吧，曾有个家伙——一个曾经被召唤去出勤的人，在敲了两次门没有人应答之后，一脚就把门踢开，刚闯进去就和一个气呼呼的人撞了个正着，这个人却是他病人的邻居。

在大街上，就算是在救护车里，我们的窗户打开着，都可以听到喊叫声。不同的喊叫声，每一种都有着它特殊的意思。尖叫声，一般应该是疼导致的；嘶哑的叫声，是受了委屈；鬼一般的哀号，是心碎了。然后还有因为家庭纠纷而产生的愤怒和暴力的叫喊声。再没有比家庭纠纷更危险和难以预测的了。一个被丈夫打到半死的妻子，在她丈夫被拘留的那一秒突然变成挥舞着刀的疯子。

于是我们进去了。塔米——全是晒斑，腿很细，挺着个圆滚滚的肚子——在门口迎接我们。她用脏兮兮的拇指指了指房间。"那个蠢驴把自己钉到了墙上。"她说。

克里斯点点头，"好吧，我们去看看。"

我们经过的路上，堆着褪色的牛仔裤、肮脏的运动鞋、工程腰带——这些都是达瑞尔存在的证明——直到我们走到卧室。在那里，正如所说，是达瑞尔，被钉在了墙上。他暂时地把注意力转向了我们。

"先生们，求你们，你们得救救我，先生们，求求你们。"

达瑞尔就站在卧室的门那里，一个钉子穿过他的左肘部把他钉在了墙上。他的脚旁边有一只打钉枪。塔米把头探了进来。

"我已经跟你说过了，达瑞尔，我不再爱你了。"

克里斯敲了敲墙壁，钉子钉进去的地方是柱子。

达瑞尔根本不关心墙壁，"先生，我可以跟你说几句吗？就一秒钟，先生？"

"你真的要这么做？"

达瑞尔点点头，"好的，先生，好的，我不会对你撒谎的，先生。我不会撒谎的，我喝了酒，就两瓶啤酒。"

两瓶啤酒，真巧，这是个神奇的数字。每一个醉醺醺的流浪汉，每一个吐得到处都是的律师，每一个晕过去的女大学生，他们都有一个共同点：他们今天都刚好喝了两瓶啤酒。达瑞尔打了个嗝，使劲吞咽了一下。

"我知道那是个缺点，但是我在努力了。我已经求主帮助我戒了它。"

塔米这时候又回来了。

"你最好求主把你这个蠢货从墙上弄下来！不然你就待在这里看着我和托德一起开始我的新生活。"

原来如此，塔米有了新欢，想把达瑞尔弄走。即使喝醉了，他还是不想放弃这个细腿又有晒斑、破坏了他生活的人，达瑞尔把自己钉在了墙上。在把胳膊钉在墙上和成为塔米跟托德所演出的好戏不情愿的观众之间做出选择，我不知道我会怎么选择。如果不是我们，达瑞尔，这个可怜的混蛋，可能两个都得选。

再怎么好笑，真的只有一个解决的办法：开动锯子，把他卸下来。达瑞尔偷听到我们的谈话，拼命地摇头，他的声音有些颤抖。

"不，先生，不能这样。你们不能把墙锯了，墙不能被锯断。这个墙壁就像是爱的契约，锯什么都不能锯爱的契约。"

20 分钟后，消防队已经把墙壁锯开，我们又面临新的问题。达瑞尔，一个醉鬼突然之间自由了，他带着仍然钉在他手臂上的一米间宽的墙体到处打转，警察告诉他放松一点，让他坐下闭上嘴，然后去医院。"把你手臂上那块东西取下来。"他们说，"清醒点儿，明天再来处理家里的事。"这听起来很有道理，但达瑞尔没有心情跟他们讲道理。警察本来是好好劝他的，他却让警察来舔他的小弟。

于是招来了手铐。

我可以料想到后来发生了什么：达瑞尔拒绝安静下来，而塔米——刚刚还在威胁她那被钉在墙上的合法丈夫见证她和其他男人睡觉的人——改变立场了。她成了达瑞尔的护卫者，于是她动手打了警察。

当胡椒喷雾飘向空中的时候，事情到此结束，叫声也最终停止。最后一记进球应该是这样：塔米缩在巡逻警车的后排，还有两个警察，刚好被胡椒喷雾喷到，正在那儿一把鼻涕一把泪；邻居们全是黑人，都很开心——全都跑出来看热闹，看看这个疯狂的邻居到底闹到什么程度；而达瑞尔，他在救护车的后厢里，一米间宽的墙体还钉在他的手臂上。他满意而安静地坐在担架上。

当门关上的时候，他笑了，他把双脚交叉起来，摇晃着脑袋，好像是坐在酒吧的椅上而不是救护车里。

他问，"你找到你的女人了没有？"

我点点头。

"好好对她，兄弟。好好对她。世上再也没有比一个好女人更好的东西了，没有了，我早该知道的，我已经有了最好的东西了。"

16
临时兽医

达瑞尔让我们很开心，尽管是在笑他，但他并不在我们旁边，他还是个好人。尽管有许多胡说八道、大喊大叫，还有胡椒喷雾，那都很有趣，就我而言，我希望达瑞尔一切都好。随时打电话给我，兄弟。但是很多像达瑞尔这样的人，喊叫、咒骂、吐痰或者更糟的——一屁股坐在地板上，要我们把他抬下楼梯，因为他们感冒了，既然我们去了，就是为了伺候他们的。

克里斯总是说，和人类相比，他更喜欢狗。狗忠诚，人类不行。我趋于同意。派我去拯救狗的任务一直没有发生，直到今天。

6月末，还不到上午10点，我已经大汗淋漓了，这当然也没什么，亚特兰大在夏天就是个蒸笼，除了湿热再无其他，今天的状况只不过是来临8月的一点点预示。真是个安静的早上，还没等我感叹完——就像是惩罚一样——我们广播的调频嗞呀响了起来。

"704，有一个任务要交给你。"

我们飞奔在车上，拉响警报。调度员持续给我们更新的信息，她的声音通常都很平静，一副漠不关心的样子，但是这次听起来有些尖锐。我们被派去救援一个被噎到的两岁小孩。没有人喜欢接小孩子的任务，不是因为他们年纪小很无辜，是因为他们个头实在太小，在他们身上做动作，就像是用左手写字一样——动作是一样的，但做起来就是很奇怪很困难。

距离救援地点不到几分钟的时候，广播里又传出了声音，调度员跟我们说取消任务。那个噎到的病人，只是只狗。我关掉警报和顶灯。我们减速，克里斯看了看我，我知道他在想什么。比起大多数的人类，我更喜欢狗。为什么不去呢？

我们停在一栋破旧的小房子前面，没有新刷漆，屋顶也是摇摇欲坠。没有草，前面的草坪除了土什么也没有，院子的另外三面长满了杂草。穿着裙子和拖鞋站在门廊那里的是我至今见过最瘦最老的女人了。我们跳下车，她有些紧张，也没有过度兴奋，她告诉我们，她扔了根骨头给她的狗吉吉，它把骨头吞了下去，就是这样。

克里斯四下看看，"吉吉有多大？"

"很大。"她说。

在院子的中间有一间狗窝，它旁边有一个一米多高的木桩，大约有半米是埋在土下面的。一条足够拉动一艘小船的粗链子缠绕在木桩上，被紧紧地拉住。这条链子一直穿过院子，延伸到杂草堆那里。

"它在那边吗？"

"除非它弄断了这根链子。"

"它可以把链子弄断？"

"如果它想的话。"

"它脾气坏吗？"

"看情况。"

正在这时，链子松动了一下。吉吉回来了，我开始冒汗，克里斯后退了几步。吉吉像一头暴怒的大象，从野草堆的尽头冲了过来。灰色的胸口上面是虎鲨一般的脑袋，肩部发达的肌肉和西班牙公牛一样，四十多千克，全是肌肉。我们刚好在它的直径范围之内，毫无时间反应。在我们还没有听到链条响声的时候，它已经在我们面前了。使劲跳着——让我们俩松了一口气的同时，我们也很惊讶——它站在那边，离我们很近，重重地撞了一下。它疯狂地用自己的前爪挖自己的嘴，后腿乱蹬着，眼睛睁得很大，然后又重重地把自己摔在地上。它知道自己快死了，很害怕。

被噎到是很可怕的，想象一下你是清醒的，但是无法呼吸，整个人对此是完全有意识完全有知觉的。如果要找到类似的痛苦的死法，那应该就是活活被咬死或是打死或是烧死。噎到是非常难受和绝望的，直到某一刻停止——而那一刻，当然，就是死去的时候。

吉吉还没有到那个时刻，但已经很接近了。我们必须得做点儿什么，但是我们完全没主意。它如果是个人而不是狗的话，那就容易多了。我就可以直接把手放在他的肩膀上问他，"是不是噎到了？"说真的，海姆立克方法的第一步就是靠近病人，确定他的确是被噎到了。想象一下被噎到的人脸上表情就会从一开始的恐惧变成惊讶和单纯的不耐烦。如果他还可以勉强发出咕噜声和喘息——如果他能回答"我噎到了"——那他并没有被噎到。那些真正被噎到的人，他们的气管被堵住，根本不可能挤出单词发音的，那我们就采取海姆立克法。当然了，病人得是人类，但吉吉不是，它是条狗，很大的狗。

你会怎样拯救一个，一旦它获救了，就会把你撕成几瓣的物种？我看着克里斯，他看着我。没有拯救狗的工作手册，没有犬类的海姆立克法，没有任何救治一条被噎到的巨犬的先例。但它的确是被噎到了。我放下包，跪在地上，偷看了一眼它巨大的嘴巴。除了发达的颌骨，除了一排排的牙齿，除了上下拍打的巨大舌头，我看见了那骨头。它把整根骨头吞了进去，想象一下被剔干净肉的牛排骨，粗的交叉的那头在上面，细的那头弯曲着抵在下面。骨头在它的喉咙那里，交叉的那头卡在嘴巴的后部。它感到很绝望和暴怒，把骨头拿出来就意味着我们把手要伸到它足以把我们的手咬断的位置。

克里斯不想这么做，我也不想。吉吉很壮实，嘴、牙齿都是。但它也在颤抖，它被噎到了，我们一点点地靠近，我们靠近它的过程中——它还在它那边——使劲用尾巴拍打着地上的泥土。我们有义务要帮助它，也许不是作为医护人员而是作为人类。克里斯抓了把钳子，然后问我们应该怎么做。

"我以为你已经有打算了。"

"我看起来像是有打算的人吗？"

"你拿了钳子呀。"

他把钳子递给我，"给你。"

"不。"

吉吉退后了一步，摇着头，一副绝望的样子。它扑通倒了

093

下来，想挣扎着再站起来，但是不行。我们还剩多少时间，它的气管到底堵成什么样，我们不知道。我们也不知道当我们把手塞进它嘴里的时候它会如何反应。它疯狂地在土里打滚，老太太开始哭泣。既然我们没有主意，我们也就没法讨论。我直接跳了过去，骑在吉吉的身上，拼命抓着它让它不要动。就像是和火车较劲，克里斯拿着钳子靠近，我听到金属敲击在牙齿上的叮当声，含混不清的咳嗽声，尾巴愤怒地拍打土地的声音。老太太开始祷告——"赞美主！谢谢主耶稣！"吉吉的眼睛睁开了，但它完全看不到我。克里斯可以在任何时间站起来就跑，我处在一个很尴尬的位置上而且完全被吓傻了，这只四十多千克的斗牛犬，它的嘴巴随时会获得自由。我没有逃脱的办法。

克里斯嘟囔着，满头大汗，他站了起来，大喊着让我也站起来。我不敢想，我只做动作，在我还没有完全意识到之前，我站起来就往后撤。

"你拿出来了吗？"

"没有。"

"那它还在噎着？"

"我觉得应该没有了。"

吉吉站了起来，四脚站得很开，喘着粗气，头朝两边甩动。骨头已经没有堵塞到它的气管了，但还在它的嘴里。没有完全治愈，但是已经是很大的进展了，那已经相当于把它治好了。我问老太太他们有没有兽医，她点点头。她发动汽车的时候，我们拍了拍身上的泥土，当她准备好了，我们把吉吉拉了过来，它把头塞到左肩膀下面，它想开始玩了。它摇晃着尾巴，是友好的信号。我走了过去，抓住它的颈圈，把链子松开。我们陪它走到汽车那里，把它抱起来放到后排上。它跳了两下就蹿到副驾驶的位置上。

"吉吉，去后面。"老太太叫道。

但是吉吉一动也不动。刚刚它可差点儿死掉，现在它就是想要窝在那里——无论这是不是前排都已经不重要了。

17

（还未）做最坏的打算

克里斯刚刚吃完福来鸡汉堡，肚子立刻就有反应了。胀气、冒冷汗。他坐立不安，很明显是痉挛了。他必须得去厕所，但又不可以。

"我们还得在这里待多久？"他问，屁股已经离开副驾座位半悬在空中了。

"根据备注？应该还要有一会儿。"

我们是富尔顿县派来参加灾难演习的两个急救小组中的一个。根据备注，一切都很好。有人引爆了一颗脏弹，我们被辐射包围，伤亡人员——已经死亡的，正在死亡的，逐渐受感染的——到处都是。当然，这些全是假的，这是联邦政府强制执行项目的一部分，目的是想看看我们是怎样总结9·11事件的教训的。总而言之，如果这样的恶性事件（再）发生，第一响应人会怎样反应。

很显然，做得并不好。各环节的沟通完全形同虚设，至少有不同的三个人说自己是负责人。病人遍布在各处，完全没有考虑到要把他们进行分级别处理。还有更糟的，每一个参加这次演习的医护人员、警察、消防员要么是故意要么是不小心，都进入了辐射区域。我们其实都被感染了。

克里斯对这些一点儿也不感兴趣，"我是说真的，这些设计演习的人难道从来没有考虑过厕所的问题吗？"

我耸了耸肩。

"是的，好吧，我就要拉在裤子上了。"他把车门打开，"我要去一元店的厕所，如果有人想要看真正的伤亡事故，告诉他们我在男厕所，第三格，让这些笨蛋看看什么是真正的脏弹。"

他离开之后，事情越来越糟。

消防部门搭的消毒帐篷垮了，一半的病人觉得太不可思议就自行离开了。一场飞车追逐几乎吸引了所有的警察去维持人群秩序。继而最终，混乱变成胡闹。

"克里斯在哪里？"我们的主管冒着大汗很焦虑，叫喊的样子仿佛这不是一场演习而是真实的灾难。

"厕所。"

"厕所？这个时候他在厕所干什么？"

"嗯，我想他应该是要——"

"让他回到这儿！现在！"

第一辆救护车离开现场——装了十多个病人——车坏了。现在，我们的主管找不到它，广播也连不上，毫无办法。救护车就这么消失了。克里斯从厕所出来就不停地笑，当运送我们这一批受辐射污染的病人时他在笑，到医院了他还在笑，突然地，他止住笑声。因为等在停车场的所有护士、医生和值班的守门人，他们都很紧张，生气和困惑。很明显，没有人告诉他们这是个演习，政府设计了一个灾难场景，而他们，离现场最近的医院，会接收到病人。对他们来说，这原本是普通的一天，直到医院的广播里出现脏弹、辐射和大量伤员这些词。而突然间，救护车已经载着伤员在来的路上了，他们根本毫无准备。

当一切结束，在我们被医生骂得狗血淋头之后，在消防队正式放弃他们的消毒帐篷之后，在辐射渐渐散去，整个城市被谋杀之后，我们可以离开了。回急救中心的路上，我们看到了那辆失踪的救护车，它被绑在拖车上，像是一只受伤的动物。我不知道那些病人后来怎么样了。

一周之后我们收到了评分：有进步的空间，不过总体不错。尽管我们没有自救的准备，但是对于其他人，我们的确做得不错。各级政府对于灾难应急都只不过是敷衍了事，把我们所做的准备工作用平庸来评价一点儿也不惊讶，事实上这太像是演电视剧《风流军医俏佳人》了，我止不住想笑。要是这种灾难一直只是个虚构的概念也就罢了，但是，没有什么灾难会一直是虚构的。

几个月后，我和妻子萨布瑞娜去了纽约，我们到了世贸遗址那儿的9·11博物馆。门口的提示上写着军人、警察和消防员可以免票入内。我问了前台的一个女孩，紧急医疗救援人员是否也可以免票。她耸了耸肩说不行。免票是给那些在事发当天做出牺牲的人——以及平时保卫国家的军人、警察和消防员——博物馆的免票意味着给予他们的荣誉。她说的也有一些道理。

我没有救火，我不是军人，没有被派遣过警务，没有对付过火箭，没有愤怒地扣动扳机或是被迫目睹自己的朋友牺牲。尽管偶尔我也曾和死神擦身而过，但不是每天都需要面临死亡的威胁。所以我不是勇士、伤员或其他什么。我没有奖章，没有假肢，没有创伤后应激障碍。

我有的只是右脚靴子上脚趾部位的磨损。这就是一个记号，不是那个被枪杀的孩子；不是那种行刑方式让我们发现他面朝下地趴在草地上；不是一个大口径手枪的子弹从背后打进他的头颅又从前额穿出来；不是当我把他翻过来的时候，他的脸像凝固的芝士从变冷的比萨上滑下来；不是他的脑浆流到潮湿的草地上。这就是路边石坎对我的提醒，当他的父亲走出来的时候，我紧张地轻轻踢着这个石坎；当这个男人蹒跚着走过来时我把脚使劲塞到石坎缝里，他在车道上呕吐并晕倒在地；我躲在他的身后，当他跪着哭泣时——是那种痛彻心扉的哀号，人性难以忍受的痛苦。我的鞋子是在那里磨损的，离家仅仅几公里的地方，离我结束工作还有四小时。我等待着一个父亲吞下所有的悲伤恢复平静，我需要这些信息，因为死亡，恐怖的死亡，需要做文字记录。我要询问这些是因为这发生在我当班的期间，这是我的工作。

萨布瑞娜和我一样觉得受到了伤害。为什么不呢？她的丈夫，出于好意但在没有准备好的情况下，也会走进辐射区。的确有人穿了这身制服做了这份工作，其中一些没法再回到家中，这让她很伤心，这份伤感超出了我的想象。在她看来，如果他们的牺牲还不值得免票入场，他们至少应该被记住。

2001 年 9 月 11 日在世贸中心死去的人当中，有 43 个医护人员和紧急医疗救援人员。

愿神保佑他们。

18

解雇前的死亡

富尔顿县的公共健康部门是一个存在着问题的奇怪地方，但我还是来了。三天前我被不干净的针扎到，现在我来等待血液检测结果。在工作中丢失性命的可能性一直存在，虽然遥不可及，但它可能就这样发生了？纯属意外？执行任务中的一个小失误？这太讽刺了。远不止这样，因为它还会被故意忽视。因为就算是在9·11牺牲的急救人员都没有被记住，何况一个被不干净的针戳到而致死的急救人员？所以我想知道的是——除了我是不是染上了肝炎或是艾滋病——牺牲是值得的吗？

是吗？

我甚至觉得，怀疑是否值得为一份工作去牺牲，也就暗示着我在很多方面发生了改变。现在回想起来，我可以看到那些信号，它们在那里已经有一段时间了，我只是还没有理由回头清点它们。现在我找到理由了，我必须得说，我所看到的第一个信号就是让事情变得不同——生活不会也不可能再回到原来的样子——那就是我在靴子里发现一块骨头碎片的那天。

值班的最后一个任务是去枪击现场处理——死去男性头部的左边完全爆开了，景象很恐怖，但还算是标准的惨状。他的头骨被彻底毁坏了，皮肤像泄了气的壁球松弛地挂在那里。我们除了看着，其他什么也做不了。他的血流得到处都是，我尽量小心不要踩到任何东西，但很显然我还不够小心。值班的最后一小时里，每走一步，我都听到微弱的咔嗒声，像一个很小但很坚硬的东西——也许是鹅卵石——卡在我右脚靴子的鞋底。我太疲惫了，这是漫长的一天，于是我打算不理睬它直到回到家，我听到的不再是咔嗒声，而是刮擦声。这个小石子正在损害着木地板。是萨布瑞娜先听到的，回想起来，我在这里到处走已经有十分钟了。我坐到椅子上，把靴子脱下来，撬出一块小小的像碎玻璃的东西，有点厚而且发白，也许是瓷盘子上的碎片。但那不是，那是我在枪击现场踩到的头骨碎片。我带着它到处走，还带到了家里，现在它在这里，在我的手上，我笑了，我说我们应该把它保留下来。萨布瑞娜并不开心，我向她道歉并答应再也不在家里穿靴子了。然后我把这个碎片扔到了旁边的院子里。

第二个预示着我变成了另一个人的是我对大众甲壳虫的新看法。克里斯和我花了大量的时间在马路上，表面上我们是在救治病人，但实际上我们所做的只是听——偶尔会听到——汽车在拐角处转弯时轮胎发出的尖叫。克里斯和我都认同汽车造成的死亡很恐怖，由于我们清楚地知道一辆车可以对我们的身体造成多大的伤害，这样的恐惧更会被放大——骨头会怎样裂开，我们会落在哪里，第三区那些昏昏欲睡的医护人员会因为不小心碰到我们的脑浆而惊叫不已。

也许这是一种防御机制，也许是为了逐渐脱敏，我们发明了一个游戏：在路上跑的所有车当中，你宁愿被哪种车撞死。克里斯说应该是大车，也许是卡车，前面有犁的那种，那会把他弄得面目全非，消防部门就会用水管把他冲进排水沟里。我的选择是甲壳虫，不是车漆已经褪色了，引擎还会咕嘟作响的那种老款。是新款，颜色亮丽，车身上面还画有与之颜色相配的插在花瓶里的雏菊。被一辆原装车身上就有花朵的快乐小车撞死是一件多么可怕的事情，这一点儿也不体面。

一天晚上在家吃晚餐的时候我忽然问了这个问题——你们宁愿被哪种车撞死？只得到他们的白眼。"你们认为我不可理喻，但这有可能会发生。你下次开车的时候注意观察，没有人在认真开车，他们要么在打电话，要么在东张西望，要么在吵架。他们还会唱歌、吃东西——天啊，路上总是会发生这样的事情。"

我妈妈很不高兴。

第三个预示是我在我的朋友约翰死后对他的帮助。约翰去世的消息来得有点儿突然但并不震惊。他病了已经有一阵子，一开始是感冒，后来变成肺炎，从那之后一切发展得就很快。他停止了工作，然后不再见人，最后死去。更准确地说，有一天我们知道他死了，他独自在家的时候晕倒。在有人发现他之前，他的尸体已经腐烂了一周了。约翰就那样独自死去，待在原地，整整七天。听到这些，真的很难过。当问题来临的时候我感到震惊的同时也想到一件事：得有人去他家把窗户打开，让腐臭的味道散出去。我会是去做这事的人吗?

当我到他家的时候,他的邻居拿着钥匙在后门等我,他把钥匙交给我,几乎是带着歉意,然后转身钻进他的车里。当我进去的时候,我可以看到约翰摔倒的位置,尸体几天没有挪动留下的痕迹——如果不是擦不掉——那至少很明显,地板被尸体腐烂的褐色斑点弄脏了。

约翰做过很多的事情,一个固执的枪手,差点儿用点 38 口径的手枪杀了自己;一个恶作剧的小丑,曾经说服特德特纳,他是印第安人的代言人,计划替他们抗议《勇敢者的游戏》;一个公认的天才,放弃了在亚特兰大最著名的建筑公司工作而到一个五金店里打工。现在他死了,他还没有被安葬或是去到一个更好的地方。他就这样死在地下室。我等待着情绪的变化,眼泪,任何东西,但什么也没发生。一年之前,这是不可能的。打开窗户,翻阅他的书籍,把他枪里的子弹拿出来——这太夸张了。一年前,我一定正和那个邻居待在外面的车里,而今天就像是普通的出勤一样。

医学最伟大最神奇的伎俩就是说服我们自己来这里是为了拯救生命的,尽管我们经常面临的是见证死亡。随着时间流逝,震惊慢慢减弱,同情心也在减少,最终,一条生命变得和卡在我右脚靴子下被带回家的东西差不多。这成了我的新状态,我灵魂的心跳趋于平静。我的思想的状态就是怀疑是否值得继续这份工作。

我被针戳到了,和其他人被针戳到是一样的。我当时正在分神，四处张望，注意力不集中，接着就——

我低下头看到右手无名指上有一个小孔。我迅速脱下手套，就在中间的关节下面，有一个小小的针孔，流出一滴鲜红的血。

我摇摇晃晃地走下救护车，我们没有洗手液，只有消毒擦拭纸，标签上面还写着不能用于婴儿、食品和裸露的伤口。我只有干巴巴地搓着我的手指，医院里所有的护士都哀伤地抱歉地看着我。他们和病人谈话，和管理部门谈话，最后获得看她记录的权限，得到她的许可对她进行检测。

"检测什么？"

"嗯，看看她是否有，嗯，你懂的，……艾滋病。"

我的腿发抖了。

一个护士把我拉到一边，她说她一直在那儿，她明白这种感受。"当然，"她说，"我遇到的病人是个老女人，感谢主，我立刻就知道她没什么病，但仍然……"

我的老板是个勇士，他开车送我去验血然后把我放在急救中心，这样我可以开车回家。有人代替我上了救护车，已经去出勤了。当然，现在，每个人都知道为什么了。我还没有死，看起来我的讣告都已经写好了。我的老板说他会打电话告诉我病人的新情况——结果是他们不能就这样逼迫她交出血检报告，必须得让她先同意。如果她不同意，他们可以把她送上法庭，但谁知道那会搞多久。另外的办法是，我不能工作直到我的血检报告出来。"回家吧，"他说，"休息，或者做点儿别的。"我下了车，他摇下车窗，探出头来，"你今晚要碰你老婆吗？记得做好防护措施。"

萨布瑞娜想知道是谁，怎样的一个人。我告诉她是一个住在廉价房里的 22 岁女孩，已经怀孕五次了。她瘫坐在沙发上，半疯半伤心。

我已经等待了漫长的三天，而现在，终于，结果出来了。接待员打电话让我过来。

她带着我穿过两道门进入治疗中心的主楼。我们经过一个小诊所——我几乎不能呼吸，她却走得磨磨蹭蹭的——接着又是一道门，忽然间一切变得很安静，这是一栋老建筑的副楼，几乎被人遗忘的地方，除了那些被喊回来准备被命运宣判的人。有一些海报贴在墙上，是关于毒品、婚前性行为、未成年怀孕、性传播疾病的公益广告。我的心狂跳不止，牙龈也开始感到刺痛。我眼睛发花、大汗淋漓，感觉一阵恶心。我膝关节有点松了，我的步伐不能那么快，就在这个时候，地板出现在我眼前。接待员在说着什么，但她的声音仿佛是来自某个水塘的深处。

我坐在一个有石膏墙体的小办公室里，文件柜塞得满满的，铁架子的桌子上都是一叠一叠的文件夹，在那些文件的后面，也就是我的对面，是一个 30 岁左右的男人，有着紧张和隐隐的微笑。他手里握着一个文件，我的文件，他问我——他说话的速度一开始很慢，后面就开始加速了——有什么问题吗？是的，我有问题。你在想什么呢？我的结果。我想知道我的结果。

"哦，很好，都很好。他们在电话里没有告诉你吗？"

"没有。"

结果不仅是我没有问题，那个病人也没有问题。她这几年生了那么多孩子，医院对她一直有不间断的记录。每一次生育，每一次生病，甚至每一次打嗝，从没有发现过她有传染病。

我如释重负地叹了一口气，轻轻地满足地笑了，就像是被判处死刑之后，在最后一秒被赦免。

　　至于这份工作是否值得，我只有一个答案。我离开的时候打了两通电话——第一个打给萨布瑞娜，告诉她我没事；第二个打给我的主管，告诉他可以排我的值班表了。

19

完美的出勤

这是我被排值班表回来后的第一个任务，被派去处理一个被车撞倒的行人。我们找到他的时候，他面部朝下，已经死了，就在红龙虾餐厅的门口。在我们宣布他死亡的时候，一个警察还懒洋洋地在我们周围缠上警察用的黄色胶带，天有点黑，人们渐渐开始聚集过来，人群还不算多——还没有人推推挤挤，顶多只是凑过来瞥一眼。

相对平和的环境让我们有时间停下来思考死者的牙齿——掉了出来——像肉质的假牙——几乎是整个掉出来的。这是怎么发生的，我没有头绪。这只是那些令人费解的事情之一，当一些又大又沉的东西迅猛地撞击你的身体时，就会发生这样的事情。我们什么也不能做，于是我打算回到救护车里，我看到背后有一道闪光，我转了过去，克里斯手里拿着相机，他看起来像被吓到了。他看了看我，看了看尸体，又看了看相机。我们什么也没说，但要表达的信息很清楚——我们见过那么多的惨案，给很多稀奇古怪的东西拍过照片，现在终于合二为一了。他没有给尸体拍照片，他只拍了牙齿——完美地从身体上脱离出来，就像是上了发条的玩具躺在那里。我们有了这张照片又能做什么呢？

还没时间想，收音机的灯又亮了起来。

我们所经过的建筑物都会反射出我们顶灯的红光，顶灯在夜晚闪烁着。克里斯开得飞快，调度员的声音从收音机里传过来。一所高中的舞会刚刚结束，恶魔开始出动。当求助电话第一次打来的时候，只有一个人被击中，但他们仍然在射击，受伤的人增加到两个，然后三个。我们赶到那里的时候，枪击刚刚结束。

我们停好车，下车进入现场——许多吓坏了的学生在惊叫着，更多的人躲在车里，加油站的工作人员把门锁了起来，警察尝试用警戒线把这个区域围起来，但没有成功。一架新闻直升机已经在头顶嗡嗡作响，正中间有三个伤员，我们的伤员，流着血，孤立无援。我们拿了急救包但没有拿担架，每走一步我们都会踩到弹壳的碎片——警察报告说共发射了九十多发子弹，是个听起来不太真实的数字。

我们靠近伤员时，其中两个站着，另一个安静地坐在地上。有一个孩子，个子很高，紧张到喃喃自语，他被击中了右肩膀和左腿。在他旁边的另一个孩子，一颗子弹从他的鼻尖穿过，第二颗子弹穿过他的上嘴唇，打穿他的牙齿，最后卡在他坚硬的颌骨上。他没有说一句话，只是睁着大眼睛盯着我们。第三个伤员是患有儿童肥胖症的大块头孩子，他被击中了手臂，他是最冷静的一个，也是受伤最轻的伤员，对于我们所有的问题，他都只是点点头。我们把他称作佛陀。

我们等待着第二个工作组到来，但现场已经完全混乱了，一个消防队过来了，他们非常慌乱——其中一个还踩到了佛陀，他们的队长，一直站在几米外的地方，不停地朝对讲机那边不得要领地大呼小叫着，要求他们派运输直升机来。高中生们坐着货车过来，一批比一批激动。第二架新闻直升机也来了，第一架直升机已经制造了很多新闻，第二架加入之后，他们会制造更多新闻。还有不断循环的鬼故事，每过几秒就有人大喊大叫一下，说是枪手，管他们是谁，他们又来了。每一次都会在人群中引起恐慌，现场嘈杂、闷热、混乱，还混杂着汽油和血腥味。路人在尖叫，我们的病人也在尖叫，消防队长——"我的救援直升机在哪里？"他也在尖叫。

克里斯说："我们把他们都带走。"

"三个？你想把三个都带走？"

"对，"他说，"只带两个走的话，你准备把谁留下？"

30秒之后，我们已经把三个人都装进救护车里了。高个子的那个一直不肯闭嘴，脸上中枪的那个孩子也不能安静。只有佛陀安静地坐在长凳的末端。克里斯冲我点点头，我跳上驾驶室，拉响警报离开了。据说，我们在现场不超过七分钟。克里斯被颠来颠去的，他挣扎着剪开他们的衣服，帮他们包扎，输液，打电话给医院再次评估他们的伤势。我们到达医院，我跳下车，抓住一个刚好路过的医护人员，让他帮我们把这三个伤员完成病情分类后直接送到诊疗室。全世界都在等着我们到来，突然之间，周围就只剩下眩目的灯光、无数的问题，护士，医生，医生，X射线技术人员，登记员和外科医生。警察紧随其后，问他们要问的问题。拴着绳子的透明袋子里装着伤者的衣服、钱包、手表、戒指、项链、电话、皮带、鞋子和——

"这是什么？"

就算在一片混乱和喧闹中，就算在那个被两次击中脸部的孩子进一步升级的恐慌中，这个声音还是突出——发现问题了——这引起了我的注意。我转过去看到医生正在检查佛陀的腰部，他戴着手套的手把他往前推了些，克里斯也看了过来，他的脸上顿时涨得通红。医生抬起头，宣布在腰部脊椎右边十厘米的地方有一颗子弹——正好在肾上。子弹还在里面。

通常在剧变之后的平静只会刺激剩下的肾上腺素，我会像吸了安非他命一样，异常兴奋，几乎是反弹的状态，最终所有的细节自己浮现了出来，从第一时间到达现场，我此时才有机会回想自己刚刚都做了些什么。想到这些，想到还有其他类似的任务在那里，某个地方，等待着，支撑着我熬过那些的只是头疼、暴躁、烂醉的枯燥勤务。但是今晚我们不能享受这种感觉，我们如此不安和沮丧。坡道上，我们的救护车上全是血、绷带，还有拆开的各种包装纸。双向对讲机吊在空中，被血手印弄脏了。我探头进去看了看佛陀之前坐的地方，车内壁上，大概肾的位置，有血迹。

我们的疏忽，并不完全因为我们当时被吓坏了。毕竟我们需要抢救三个病人，我们在现场的时间是七分钟——而重大灾难允许十分钟。当时很混乱，我们做得不够好。受伤的肾——伤口最终会成为——外科医生的事，我们就算发现了也做不了什么。但是，我们没有发现，这才是重点。这并不是说我们就能救他或是给他更好的照顾或是提前让医院有所准备，这关乎到我们的荣誉，我们得到我们所期待的任务，想要接到的求助电话——或者说接近完美任务的求助电话——然而我们却表现得不够完美。

回去的路上，我们都很沮丧。我们把相机放在一个 24 小时营业的图文店，老板是一个脏兮兮的小个子，他是绝对不会被照片里的牙齿吓到的。胶卷进入机器之后，照片被打印出来滑落进信封里。克里斯站在外面，迅速把牙齿的照片找出来，撕碎之后扔掉。我们洗了两套照片，我拿了我的那套。第二天早上，我们已经摆脱了昨天的阴影。我们都觉得那个救援很有趣，一切也都还顺利，就算是有些失误也说得过去。关于照片，我们谁都没有再提。

回到家我洗了澡，头发半干，衣服只穿了一半，我拿出照片翻阅。就在那儿，这叠照片的第一张就那样盯着我。那张牙齿的照片，滑溜溜的带着血，完整的，像是在控诉的样子。克里斯只拿走了他自己那套里的那张，而我的现在就在我的厨房里。那张照片就像是小偷爬窗户进了我家抑或是老鼠从地缝里钻了进来，我感到家里遭到了侵犯。我急忙扔掉照片，但我还是逃不出这张照片存在于我家的事实。我把它撕了，但它还在那里。最终，我把它烧了。照片消失了，但它就像是佛陀靠过的车内壁，血迹依然在那里。

几次轮班之后，克里斯被开除了。不是因为牙齿或是佛陀。是因为 T 恤衫。该死的 T 恤衫，克里斯把 T 恤印出来——上面有城乡救援站和富尔顿县消防的标志——每一件卖十美元，不是向公众售卖，而是向我们售卖。我们都买了，也都穿了。一些向来不喜欢克里斯的消防员把他们的不满一直汇报到高层，终于，消防队的长官和城乡救援站的一些领导一致认为克里斯在复制两个标志的时候没有得到适当的授权。于是一个那么棒的医护人员就因为侵犯版权被开除了。世界往往就是这么毁灭的。

20
生存准则

　　克里斯被开除终止了我成为真正信徒的信仰。事实证明，在非凡的环境中卑鄙依然存在。我仍然爱着这份工作，只是不再沉醉其中。夜晚的时候我向萨布瑞娜抱怨这种情绪，她当然没有耐心听这些。诚然，我们俩都觉得是时候做些改变了。现在唯一能阻止我立刻从城乡救援站辞职以及申请去格雷迪医院的就是护理学校了。那里的课程是由富尔顿县政府赞助的，专门给我们这种干一天休两天的人量身定制的。三个月的时间就可以完成，于是我发誓要坚持下去，埋头把课程学完。拿到编号的那一刻我就要辞职。

　　护理学校还不错，相比急救课程学校，时间更长，更严格，我们要学习更多的药物和救援方法——怎样插管，怎样读取心脏监控仪的数据，怎样做电击，还有怎样处理胸口伤。我们还需要完成上百小时的临床学习——在急诊室、手术室以及产科成为医生的跟班，也要在救护车上跟车。我一边学一边工作。我逃过临床实习课程，为的是编造作业——写的都是英雄事迹。尽管如此，课堂作业还是有要求的。一开始我们大概有六七十个学生，最后只有十几个毕业。

几个月飞快地就过去了。我在救援中心醒来，只睡了两小时的脑袋还有点痛，穿着昨晚的制服就直接去上课了。我在走廊尽头的厕所里刷了牙，然后坐下学习关于心脏、肺、脑的知识，还有肾脏为什么会出问题以及出问题时怎么处理，以及内分泌系统、儿科。对于大多数人来说，了解这些信号和症状就足够了，这些疾病过程中的指标，就可以解释你父亲昏迷在地的原因。

对于我来说……好吧，最近我看到游客心态又回来了。

我试图忽略它，努力学习努力工作，但我不能再否认它的存在了。

今天我们要看验尸，这是我这几个月以来一直期待的。早上我们到达教室的时候，没有让我们坐下来听课，而是被塞进六辆车里，把我们载到了佐治亚调查局。我们现在都聚集在会议室等待着。终于，一个调查员走了进来，满脸微笑地问我们有没有人容易呕吐。"我知道你们都见过死亡，"她听到我们笑，于是解释道，"但在这里，你不仅仅是看见一具尸体，你还得解剖它。"

工作人员在我们面前解剖了三具尸体。

第一具是在生日当天掉进湖里淹死的男性尸体，他那被水浸泡过的睾丸裸露着，肿得像是哈密瓜一样。第二具尸体是一个在除草过程中被一群蜜蜂攻击的男人，他非但不去寻求帮助，反而把自己锁在厕所里。最后是一名在超市发生心肌梗塞的妇女。我看了看四周，所有的同学都对这个心脏的横切面感到惊讶不已，当法医向我们展示剥落下来的最终引起麻烦的那块黏糊糊的东西时，大家都睁大了眼睛，它阻塞了左前动脉，直接导致她的死亡。大家都全神贯注，而我想到的却是她满满的购物车——还没来得及吃的最后一餐——还得让 15 岁的打零工的孩子把它们又放回货架上。

那个场景看起来会是什么样的呢？抛开心脏、阻塞和这个女人的尸体解剖。我倒想和超市的员工聊一聊。

医护人员考试的前一天，我和克里斯一起吃了早餐，他已经在其他地方工作了，但我们时不时还是会聚在一起。我很紧张，但他认为我已经准备好了，或者说已经准备得差不多了。他说最开始的六个月是最艰苦的。

"你不知道你会做什么，你会做错事，但不至于把人弄死。"

"你确定？"

"是的。"

然后他给了我三条建议，他用手指数着，从大拇指开始。

"1. 清楚你的职责。2. 不要怀疑自己。3. 不要让其他人看出你紧张。"

这些应该成为我的准则，他说。我必须牢记它们，紧握它们，依靠它们，在最糟糕的危急时刻求助于它们。

尽管有了克里斯的认可，我还是很紧张。当我通过考试的那一刻，我就是名医护人员了，那意味着我不再是观察员或是助手。我将会是那个对陌生人紧急情况处理做出决定的人。除了那些药品，除了多上了 12 个月的课程——真正把医护人员学校和紧急医疗救援学校区分开来的，是成为一名医护人员意味着需要接受最终的责任。

作为一名医护人员，这些都将来临。

第三部分

到达顶峰

21

没有（严重）伤害

男人刺了女人胸口一刀。用的是他常年装在裤兜里的已经钝了的折叠小刀，又锈又脏。她尖叫着踉跄地往后退，一路滴着血穿过一所肮脏的破房子，这是城市堕落如地狱的地方。对于瘾君子和毒贩子来说，这里就是家；对于年老体衰的人——或者被贫穷绑架的人来说——这是充满诅咒的房子。窗子要么坏了要么不见了，门早就被踢坏了。从天花板上渗出来的水把地板弄得七拱八翘的，石膏墙体几乎一碰就碎。封闭的厕所里面溢出难以想象的污物。这些来来往往的不清醒的脑袋，因为颓废而分不出他们的性别，他们的嘴唇因为用白色的热管子吸毒而引起疱疹。

所以一个女人的胸口被刺了一刀又怎么样？那只是动物园平常的一天而已。

这是我从急救人员升级为医护人员后的第一个任务，也是在格兰迪医院工作的第一个任务。我坐在副驾驶的位置——制服太新，我还不太习惯——脸上故意露出冷漠的表情。收到医护人员考试通过的邮件之后，我立刻申请了格兰迪医院。很幸运，他们正在招人。我通过了体检、笔试和实操评估，整个面试过程我都面带微笑，最终，我获得了签约奖金。我们花了三周的时间在课堂上学习格兰迪方法，又花了三周跟着现场训练员把学到的东西运用到实践中。现在我在大街上疾驰，想要集中精力，但是警报的声音让我无法思考。我们在布拉夫——派克小镇的某个区域是我几年前跟班学习跑过的地方——我们在去这所破房子所在的动物园的路上，这个地方恶名远扬，有人曾在不见的门上用漆喷字。

我们到达现场进入房子的时候，病人已经不在那里了。我们在一个街区之外找到了她——赤裸着上身叫喊着，手指开裂，嘴唇开裂，天知道她的裤子为什么是湿的。她的左胸上文了一朵红色的花。我试图听她肺部的声音——表面上是要看看刀子刺进去的深度以及胸腔里面有没有被空气或是血填充。实际上，我只是需要找点事做，因为我的手在发抖，心跳加快，胃有些不舒服。我什么也没听到，这太糟了。有可能是因为周围环境太吵——警报的声音，病人的叫喊声，路人迫切的尖叫声，毒贩子互相提醒警察来了的喊声。

我开始颤抖，我回想了克里斯给我的准则，我在"不让其他人看出你紧张"这条上停了下来。我深深吸了一口气，然后慢慢吐出。一点帮助也没有，病人依然在大喊大叫。我的搭档正等着我给出指示，但她不会等太久。如果我不做出决定采取行动，她就会按她的想法来做，到那时什么也挽回不了了。这个任务将会失控，更糟糕的是，我愣在那里的流言就会满天飞。"呆住"，按照他们的叫法，是一种没有能力的表现，会给我的名誉留下不可磨灭的污点。这些都在发生的危险之中，看起来是注定会发生了，正在这时——没有任何预兆，没有任何刺激的情况下——病人爬起来就跑了。消失在两栋房子之间。我看了看我的搭档，她看了看我。在我们开口之前，警察走到我们背后问我们："看到那个荡妇了吗？"

克里斯传授给我生存准则的那天也把他的笔记本给了我。那是我们每一次出任务、每一次到病人家、每种情形下都会带着的笔记本。这是对我树立信心以及我们共同拥有的时光的一种压缩式的提醒。他交给我之后，我放在手里，掂量着它的重量。我打开它，拿出克里斯夹在最后的病人用笔，它发出放屁的声音。我们都笑了。

现在，几个月之后，我再次笑了——这次是和一个我不认识的警察一起，嘲笑的对象是我的病人。当我们站在大街上看着这个病人——赤裸着上身，下垂的乳房晃来晃去——在我们的视线里跑进跑出时，我增加了第四条准则，发现怪异的地方然后笑够。我的脑袋刚刚完全被各种药物的实践用法所占据，我都忘记了我到这里的初衷。的确，所以我才会站在大街上见证这一刻。我笑了，开怀大笑。我的手停止了抖动，我示意警察绕着这个房子走一圈，我让我的搭档从另一个方向绕一圈，他们把她赶出来，而我在原地等她。她还在大喊大叫，我突然想到如果一个人的肺部充满血的话，她是不可能这样叫喊的。她伤得不重。我们把她带上救护车，离开那片混乱之地。她停止了叫喊，但还在喃喃自语，依然活跃，依然慌张，依然很兴奋。

我们对她做了快速的评估，发现她只是被刺到乳房。但是，看起来还是很恶心。人类的身体——她的，我的，每个人的——基本上都像香肠。刺穿皮肤，真的刺穿的话，脂肪组织就会像粉红色的蘑菇云一样溢出来。挂在那里的样子，就像是被嚼过的泡泡糖，直到它们被塞回去然后缝上。在救护车上做缝合显然不现实也不卫生，把伤口完全消毒好是不可能的，搞不好她最终会留下一个溃烂流脓的乳房，的确是不理想的做法。于是我在警察向她询问事情经过的时候帮她盖上一块干净的布。他们的对话绕来绕去的，好不容易才知道是因为她的男朋友发现她偷吸了他的可卡因，好吧，剩下的我们都知道了。她男朋友的名字叫肥肥，但是受害者并不想让他坐牢。警察跳下救护车关上车门。我的搭档挂上挡，然后开车离开。

当事情结束，只剩下我和我的搭档时，我笑了，之后我们又跑了几个任务。她没有注意到那时的我是多么接近崩溃，多么接近她因为我不够好，而向所有人宣判我的"死刑"。

一天天一直像这样，求助电话打进来，我始终处于慌乱的边缘。大事件的出现只是时间问题，每一个新手医护人员都知道他们第一次真正的考验就在那儿，我一直等待着——有一些惶恐，有一些不能呼吸的期待。当其他医护人员谈起的时候，我不漏掉每一个单词，我准备好问题问他们。我想要低调些，但我的渴望出卖了我。你做了什么？你怎么知道要那么做？有什么迹象？你以前见过被火烧伤的人吗或者这种治疗方法你在学校里学过？我寻找有帮助的答案或是让自己平静的答案——当轮到自己时，能够很好地处理的迹象。我不经意地收集窍门和建议，所有我应该知道的，付出代价才会知道的知识。和同事们在一起，我们会聊购物和战争的故事，其他人只是找笑料，而我在听取意见。

某一天，它终于来临了。我的第一次考验悄无声息地来临了——就像其他的求助电话一样——尽管，当然那是不同的。这个陌生人，他的死亡会成为一个转折点，不经意地透露出我的命运，决定了我的未来是变成一个安静的消防队员或是未来的几十年都会疯狂地在救护车上度过。

电话来的时候，我和我搭档正坐着聊天。我们的收音机先是滋啦滋啦地响了，然后是说话——有人中枪，多处伤口。我的皮肤一下子凉了半截。她29岁，被近距离打了六枪。什么——近距离打了六枪——这已经不只是恶意或是愤怒，这完全是仇恨了。因爱生恨的谋杀，发生在城边上。

任务来的时候我们的位置有些远，加上交通堵塞，我们到得迟了一点儿。我跳下救护车，远远地就可以看到她倒在血泊中，血已经有些凝固了。围观的人在尖叫，都很激动和恐慌。他们认识伤者和罪犯，他们知道警察不能对他们怎么样。在这些叫喊声中，我听到伤者的腹鸣和咬紧牙齿的声音。一切都是真实的，有人被击中但还没死，我在这里，独自一人，需要处理这个情况。我的搭档很能干，但她还是新手，而且只是急救人员，必须得依靠我。没有其他人可以依靠可以求助，没有时间思考。这个伤者，我的伤者，正在慢慢死去。

我们放低担架，伤者身上全是弹口，满身的血，一双棕色的眼睛看向右边，盯着脑袋流血最严重的部位。有人叫喊着让所有人往后退，不要触碰我们，给我们留出空间救人。我以为是我的搭档在喊，但也有可能是我自己喊的。都很难说，我的脑袋很混乱。我把吸引器塞进伤者的嘴，看到血液被抽进管子里。然后我们把她绑到硬板上，升起担架返回救护车。继续把血吸出来。救护车里，空调吹着暖气。我们数着弹口，供氧，引流，继续找弹口。她两只手臂上都挂着吊瓶，输液，输入大量的药物。打给医院的电话被伤者的惊厥打断。足够多的咪达唑仑，几乎可以放倒一匹马了。终于，伤者平静了下来。

到达医院之前，我再次确认她的弹口数量，三个在她的胸口，一个在颈部，一个在脸部。我把手伸到她的头部下方检查的时候，她的眼睛突然睁开了，我放手，眼睛又闭上了。我再次按压，她的眼睛又睁开了。跟我们在一起的消防员和我对视了一下，很清楚——我的手指伸进了弹口，摸到她的头骨，我碰到的地方可以控制她眼睛睁开和闭上。我说那不是好事，他点点头。"是，我也觉得那不是好事。"

"我不再那样做了。"

"最好别做了。"

在医院里，医生很快对她进行检查、打镇静剂、插管、送手术室。

没过多久，女人死亡，而她的男朋友——被限制在他的住所——关了几小时。我们打扫救护车，补充物资然后继续工作。我们又接了很多任务。我还不够优秀，但是，终于，我可以把遇到大事件的时候我是否会慌乱这个问题先放下了。我是，也一直会是格兰迪的医护人员。

22
公立医院的私生活

　　格兰迪不是普通意义上的医院。它有创伤中心、中风中心，有烧伤科，全套精神科设备，有丰富的公共资源。它也是勉强运作的官僚机构，缺乏资金，负债过多，连支付运营成本都有些困难。校园里有它设的点，亚特兰大市区里那些不入流的街区也有它的诊所。所以，它是一家医院，是的，但它超过了医院的范畴。

　　格兰迪是一个生态系统，夜晚的每一小时，这条食物链上各个层级的物种就开始在附近徘徊。住在医院前门公交车停车场的女人用她尖锐的嗓子歌唱，她不是在唱歌而是在唱赞美诗，我们清晨到那儿的时候，不仅仅是开始工作——还完成了宗教仪式。大街上，就在格兰迪大门外不远的地方，有救护车、医生、护士、来访者、无家可归的人、半疯的人和拖着输液杆出来的病人，他们在外面抽烟。一群一群地聚在人行道上——每一个聚集点上都有口香糖、血滴，偶尔还会有人的粪便——焦急的家属围成一圈为自己所爱的人祷告，当然，那里还有当地的新闻记者，他们驻扎在那里因为有悲剧发生。悲剧其实一直都在发生。

停车场的下面有一家麦当劳，医院运送垃圾的地方离救护车拉病人进来的地方就隔了几米远。现在救护车停车的坡道是新修的，旧的坡道要更小一些，面对着不同的方向，现在新旧坡道被一堵墙隔开。以前——流浪汉和无家可归的人还有一些走衰运的当地人——会坐在墙头抽烟。每当有救护车开进来的时候，他们就会拍手庆祝。那道墙就变成著名的驻扎之墙，那些人就栖息在横梁上。如今，病人被运送进来——反复地——来到格兰迪，他们会被称为扎根的人，当成为扎根的人时，每一个在这里工作的人都会对他们又爱又恨。

这些都是外部情况。

格兰迪建于 1892 年，它最初的建筑还保留着。主楼更新更大，曾经被分成两个区域——一个是白人的，一个是黑人的。种族歧视已经没有了，但是一些贫穷的黑人依然纪念那些被区分但仍然平等的过去，仍然会提及这家医院——他们出生的地方，他们被救治的地方，最终，他们死去的地方——都在格兰迪。

正大门进来是中庭——大理石的地板，高高的天花板，一个前台接待员，墙上都是装裱好的奖章——但任何病人，任何被救护车送进来的人，都要在那里经过伤病分类。伤病分类有三道程序，主要是看身体是不是突然残缺，也许是不可挽回的和特别严重的。伤病分类由两名护士完成，任何时候都有无数情况不同的病人等待被分类。主楼层的等待室里还有无数的灵魂煎熬在地狱中。那里也是紧急护理中心——也就是你们常说的急诊室。红色区域是给有创伤的，蓝色区域是普通治疗。两边都有很多房间，走廊上还有两倍数量的临时病床，病人可以待在那里，尽管他们有些中了枪伤，但他们是被确定为没有生命危险的。红色区域还包括一些创伤处理病区，专门给危急创伤做处理的地方。那里也是红色观察区，那里挤满了急需上楼注射镇静剂或是药物的暴力精神病患者。

蓝色区没有创伤处理区，但有心肺复苏室，四间特殊看护病房，一间哮喘室以及医院的滞留区域。城市或是乡镇监狱的囚犯，还有被关在联邦教养所里的人，都会被铐在床上然后带到这个滞留区。

紧急护理中心是一个野蛮的地方，装满了病人、干练的医生、超负荷工作的护士和一旁协助的员工。这里是上世纪 90 年代的建筑，设计之初是为了取代当时的急诊室，也就是接收一个城市最危重病人的地方，那里的运作一直乱而有序，当时墙壁的瓷砖上还有好几个弹孔，一直保留到建筑被拆除。

餐厅在二楼，待产室和产科在四楼，每当有婴儿出生——从那一刻起他就是格兰迪宝宝——医院的广播系统就会播放摇篮曲，每个人就会知道又有一个新生命来到这个世界了。这个城市有很多的格兰迪宝宝，成千上万，摇篮曲已经被反复播放过无数次，卡带上的磁性已经减少，播放的中途还会卡壳，断断续续才能唱到最后。

停尸房在地下层，精神病病房在 13 楼。

格兰迪是个奇怪的地方，更像是这个城市的纤维组织。急救部门也一样，身着格兰迪的制服，驾驶着格兰迪的救护车，我跟着进进出出，更重要的是，进出了更多数不清的危险情形。人们走在路上，都是扎根的人，他们当中的很多都是格兰迪宝宝，我开车经过的时候，他们停下来和我招手。嗨，格兰迪，从这座城市的每个角落每天都会有人这么打招呼。这并不容易，电话的数量是巨大的——一年有成千上百的电话——这些病人（大部分都是无家可归的人和醉汉）都很难控制。员工的流动率很高，所以我至少要工作六个月之后，周围的人才会渐渐开始跟我说话，这只是第一关。如果我没有被炒鱿鱼或是辞职或是被杀了，他们才有可能搭理我。在此之前，他们会一直忽视我。

工作之余，在外面和朋友一起，就完全不同了。当说出我是为格兰迪工作的那一秒，所有人的注意力都会集中到我这里。那个地方是多么神圣，多么令人敬畏，多么神秘，每当我说我在那里工作的时候，都会得到同一个反应——我敢打赌你一定看到很多疯狂的事情。

确实。我救治过被水族馆里的魔鬼鱼刺到的女人，还救过足球运动员，快不行的演员，以及歇斯底里的脱衣舞娘。我还去过很多地方，国会大厦、摩天大楼、高速公路、监狱和教堂，甚至是帐篷城——城市边缘的避难所。还有这家医院本身，也是很奇葩的。某些时候，有点太奇葩了。举例来说，就像现在，我坐在校园边上的一个小礼堂里听着关于陷阱的演讲。

没人知道是谁设的陷阱，为什么要设陷阱，但是我们都认为罪犯该死，而且要慢慢地，痛苦地死去。

每过几周就会有新的陷阱故事出现。也许是一个没有盖上的脏针头，被粘在座位的下面。这个针头也许是被卡在我们用来固定病人的泡沫板上，也许是从引擎盖板上戳了出来的。今天，办公室职员来跟我们通报陷阱的事，他把一张照片放在投影仪上——墙面出现的一个 3 米乘 3 米的屏幕——反射出一个装满尿液的塑料袋和许多竖插着的没有盖上盖子的针头。"这是昨天在救护车上找到的,"他说,"就在顶上的架子里。"他继续说着,但我们唯一关心的是——谁干的?他并不知道,也不想猜测,他来这儿不是说这个的。他是告诉我们要注意,检查救护车的时候要仔细,懂得保护自己。这都不是我们想听到的。有人已经中招了,所以,不,我们不想听到只要我们早来点儿仔细检查车辆就可以降低自己落入陷阱的概率。我们想听到的是那个王八蛋已经被抓到了,正绑在外面等着我们去看——兄弟们,就是那个家伙!给他一拳。相反,有人丢了一包尿和针头在救护车里,却要我们自己保护自己。在这样的情况,放弃猜测是谁干的,我实在不知道为什么。"好了,"他关掉投影仪,然后把照片放回马尼拉纸信封里,"这就是我要说的全部。"

我们陆续走出房间,尽管我们还有疑问,但还是要打卡上班。我们拿了各种设备走向斜坡,很慢很慢地钻进救护车。

23
一次越狱

我依然深爱这里，抛开陷阱，抛开匿名恐怖分子，抛开塑料袋里的那一包尿和针头，格兰迪是我唯一想待的地方。这跟格兰迪的历史和争议有关，还有它的医护人员——这些人依然不跟我说话——但他们都是最优秀的。我非常想得到他们的尊重。我以为枪击事件会帮我获得尊重——也许人们会注意到因为一个被近距离多次射杀的妇女，几乎被打成蜂窝，连器官捐献都不可能了。我是那么迅速地赶到事发地，又是那么冷静地完成工作，让她在比我们找到她时更好的状态之下被送到医院。但是，当然，这只是成百上千个电话中的一个，而我也只是二十几个新人中的一个，没有人会注意没有人会知道我的名字，医护人员不会知道，部门主任更不会知道。

直到这一刻为止。

外面一片漆黑，还不到早上 7 点。我正站在急救部主任的面前，她管理整个部门，就像我说过的，直到今天早晨她还没有理由也没有时间来对我形成印象。而她现在正思考着我的未来。这可不太好，我已经在急救这行工作了三年，那个时候我以自己的方式在911救护车上工作，然后医护人员学校毕业，最终来到我梦想的地方工作。有很多艰难的道路，但这一条是属于我的，或者曾经是我的，唉，从现在开始，以后会发生什么就不好说了。

主任沉默着，板着脸，表情很严肃，毕竟，这个指控——有人在威胁要指控——变得越来越严重。她想知道我脑袋里到底在想些什么——但是，当然，我没有答案。我坐立不安，眼睛打量着房间的四周，思考着一会儿给萨布瑞娜打电话的时候该怎么说。告诉她我被炒鱿鱼了？还是我被拘留了？这事儿会变成这样完全是因为我把手放在了收音机上？

"让事情简单点儿，"她说，她的双手压在桌面上，"告诉我你到底说了什么，一字不漏地说。"她拿起一张书面的投诉，"因为这个？完全没道理。"

"我的意思是，我所说的，真的，只有两个词。"我有些结巴了，双手举起来做了一个保护的姿势。"除非你想要严格的说法，如果严格说的话，应该是十八个字。随便你相不相信吧。"

她张大嘴愣在那儿了，我清了清嗓子。

"你看啊，那是周日早上，你是知道那是什么样子的。"

她当然知道，我们都知道。周日是最轻松的，周日工作对于急救人员来说就算是礼物，对你长时间工作，对你把肥胖病人背到楼下，对你踩到地上病人留下的大便的小小感谢，还有一些不要再提的事。那也是对保持冷静的奖励，尽管压力很大，尽管一直在当班，尽管属于——长期属于——低收入的群体。周日都还算清闲，只要没有人在教堂死去，周日就真是个好日子，但周日也很无聊，我们大多数来到格兰迪的人都是因为格兰迪的工作非常繁忙，我们停不下来，一直都处于——城市、创伤、兴奋，各种事务之中。直到周日，所有事情都慢了下来。突然之间，除了安静什么都没有，连电话都不曾响起，没有任务是极其无聊的。时间像被拉长了一样，我们就这样等着。

等着。

等待对于一个活跃的人来说并不是好事。人们说悠闲就是魔鬼的工厂，但他们没说，当要你对此负责的时候，魔鬼是不会在旁边帮忙的。所以我现在独自解释这件令人迷思的事，基本上，事情是这样的……

事情就是这样发生的，我加了一个八小时的班，和我搭档的是一个初级急救人员，从一开始我们的心情都很好。我们被派到城市的东南角进行巡视救助。这里什么都没有，只有几个住房项目和一些吵闹的公寓，但我们要进去转转的话还早，他们得过几小时才会起床开始有动静。于是我们把车停在联邦监狱的马路对面。

抛开那些带刺的铁丝网和看守塔，那些探照灯、枪，还有无法诉说他们过去的囚犯，亚特兰大联邦监狱看起来并不恐怖。它建于 1902 年，有着精确而朴素的美。从我们这个位置看过去，它不太像是艾尔·卡彭曾经的住所，更像是美联储的一个分支机构。我们沉默地坐了一阵子，音响坏了，加油站也没有报纸。我们一直聊到没有话题，我百无聊赖地拿起无线电话筒。一些新的救护车上没有这个玩意儿，但是旧一点儿的车上有一个开关，可以把收音机变成广播系统。我把开关拨到收音机就可以和调度员说话，把开关拨到广播，我就可以和全世界说话。我没有多想，但我绝对不打算说什么。我只是不停地把开关拨来拨去，给这个安静的早晨带去一点金属的声音。

几分钟之后我把开关拨了上去，然后长长地轻柔地说了声你好。所有的事情，刚发生的时候，看起来都是无心的，所以我继续——低语、唱歌，用很浓重的，难以辨认的苏格兰口音假装布置任务。最终，这很快也让我们觉得无聊，我们把它关了。还是没有任务，没事情做，只是干巴巴地等着。重新做刚刚的事情又会有什么坏处呢？于是我又把开关从收音机拨到了广播系统，话筒开着，我按了暂停键，把静止的空气和我自己的呼吸传入这个社区。接着——在一个安静的早上，离联邦监狱不到一个街区的距离——我告诉每一个能够听到的人，最糟的事情已经发生了。

"大家请注意：有人越狱，重复，有人越狱。"

几秒之后，没有任何动静，没有慌乱，没有人群蜂拥跑出，没有迹象表明有人听到我的话。接下来，马路对面，有一道门开了，一个瘦瘦的嬉皮士样子的人突然出现在门廊那里。一开始我根本没有在意他。那是早上8点，我们所在的这个社区本来就不太好，这个家伙还在他的房子那儿挂了一面海盗旗，像这类的人，我根本没放在眼里。但我错了。

他冲下楼梯，光着脚穿过马路，就算是看到他向我们跑来，我们还是装作没看见他。"他是朝着我们跑来的吗？"我懒散地问。我的搭档点点头，他把广播系统关掉。这好像很有趣。这个家伙冲到驾驶员那一边之后开始吼叫。没有打招呼，什么都没有，就是喊叫。我的搭档，上帝保佑，在窗户里面朝他微笑，还把手罩在耳朵上说："我听不见。"这下激怒了这个家伙。

"那就把窗子摇下来。"

我的搭档伸手过去按下车窗的升降键，慢慢地把车窗降下来，那车窗发出巨大的发涩的橡胶声音。

他笑着问："什么事？"

这家伙唠唠叨叨了五分钟，大部分是在控诉我们在星期天早上 8 点就把他吵醒，但他着重强调的是这里是居民区。他还说他在马路对面的家里，听到了我们所说的一切，每一个字。我忍不住问他哪个是他的家，"挂着海盗旗的那家吗？"

他火冒三丈。

他张嘴想要再说什么，但又止住了。他转身大步离开了，我和搭档也觉得此时正是离开这儿的好时候。还没有开出半个街区，我们就接到了电话任务。我们打开警灯，朝目的地赶去，那个嬉皮士、广播系统，甚至是越狱的事立刻被我们抛到了脑后。但那个嬉皮士还记得我们。在我们准备离开任务现场的时候，主管的白色救护车已经到了。主管下车朝我们走了过来，问我们是不是和这里的居民有过争执。我点点头，"是的，一个住在监狱附近的家伙。怎么了？"

"你是不是说了什么跟越狱有关？"

对我来说，坐在一辆看起来很正式的车里，跟大家宣布有越狱事件，这是第一次，但显然已经太迟了。还是通过广播系统，就在离联邦监狱一个街区的地方。这简直就是个坏主意。主管从口袋里掏出钥匙。

"你们把病人送到之后，"他一边说着一边跳上车，"直接来我办公室，我们需要谈谈。"

送病人的一路好漫长啊！

我们一踏进主管办公室，他就把这个扔给我们，"他要正式起诉我们。"

我原本是站着的，一听到他说这个，我立刻瘫坐在椅子上。我们在出勤的时候，这个嬉皮士疯狂地打每一个他能找到的电话号码，一直打到了医院的 CEO 那里。谢天谢地，今天是周日，他唯一能找到的人就是坐在我们面前的主管。不然，他此时不知道会有多得意了。

"这就是鲁莽的危害，"主管往上推了推他的眼镜，读着记录簿上的东西，"他认为你所说的，来自城市救护车，又距离联邦监狱那么近，足够可信到让人觉得是在一个拥挤的剧院里大喊着火一样。"

我还是不能相信，"他是认真的吗？"

"他希望你被抓起来。"

"那真的是很认真。"

"我也这么说。"

"现在怎么办？"

主管耸了耸肩，告诉我们装作什么都没发生地继续完成今天的工作，"明天等大家都回来了，会发生什么，我不知道。"

事情就是这样，会发生什么，今天周一，嗯，这就是我在这儿需要知道的。急救部主任沉默着，我清了清嗓子。

"听着，这都是我的错，我的搭档，他在那儿，但那话是我说的。"我身体往后仰了一下，"如果有人会因此被开除，那应该是我。"

她点点头，当你在思考的时候，点头意味着很多意思。她闭上眼睛，我们陷入了尴尬的沉默。接着，她的咽部轻微地动了一下，几乎察觉不到，接着又动了一下，再一下，很快她咧开嘴大笑了起来。她试图冷静下来，让自己看起来依然很严肃，但为时已晚。最终，她还是笑开了，她敲了敲脑袋，我闭上嘴，深深地吸了一口气，长长地呼了出来，接着——

"你真的那样说了吗？"

"是的，女士。"

她又笑了，"你知道你这样太蠢了，是吗？"

"我太太就是这么说我的。"

"回去工作吧，我来对付这个家伙。"

"谢谢，谢谢！"

我刚要离开——"哈扎德先生？"

"是的，女士？"

"不准再动广播系统了。"

"决不了。"

所以这就是我所做的了，大家终于都知道了我的名字。并不是因为我跑了一个艰巨的任务并且出色地完成了，而是因为我做的蠢事，闹的笑话，从来没有人这么干过。终于，我不仅仅是个新人了，我还是差点儿被逮捕的那个聪明蛋了。

24

芥末之下的勇气

在格兰迪工作了七个月，我已经迎来了第三个全职搭档了。第一个月的时候，每次轮班的搭档都是不同的人，这并不是坏事，但是如果急救员是永久的，我会更开心。永久在格兰迪这里只是一个相对概念，六个月之后他就会去别的岗位。我的第二个"永久"搭档只坚持了不到一个月。这里都是这样的，格兰迪有许许多多不同的轮班——不同的天数，不同的小时，不同的长度——我们刚来的时候，每个人都在黑暗中摸索一种适应的方式。到目前为止，我遇到的搭档都很不错——没有疲惫不堪的，没有能力弱的，甚至没有让人讨厌的。最后一点——没有让人讨厌——这是最重要的一点。要在这么狭小的空间里和一个陌生人度过那么长的时间——没有私人空间，压力巨大——如果相处不愉快会是很难受的。但如果我们真的讨厌彼此？那真是难以忍受。所以每次我开始新的轮班时总会有点紧张。

我的新搭档叫马蒂，我们已经在一起工作了几周了，我们一同工作之前完全不认识，我只知道他也是医护员，所以，从理论上讲，和他共事，我应该会轻松一些。第一天的时候，我期待着，事实上有点兴奋。现在……就没那么兴奋了。我们从这个城市开始变得混乱那天起开始搭档，一直到这个夏天结束。在我弄清楚马蒂的名字之前，我们已经一起被派去处理过几起心脏停跳的任务和一起汽车撞倒骑车人的任务。我们还救过重病的孩子们，一起处理两起中风病例，还有一名被打至晕厥的男子，他的金链子还在，但钱包不见了，假发还在，但牙齿不在了。

　　人们都说最亲密的联盟关系都是建立在难以想象的压力之下，然而，坦白讲，我们并不是这样的。这座城市会把各种各样的事情扔给我们，我依旧还是不太了解马蒂。他不坏，但也非常难懂他。他比我年轻，年轻到他交往的女朋友是正在国外大学读书的大学生，对这个事情他比较保密。在他的认知里，他并不认为他女朋友出国读书是抓住了一个绝好的机会，而是想要和他分手。他总是很忧愁，而我们之间的交往总有种冷漠的压抑感——他说话但是没有交流，他皮笑肉不笑。直到他的电话响起，是她，当然，总是这样——没有别人会打电话给他。他就会对着电话低语二十多分钟，咯咯地笑着，她挂电话的那一刻，他又立刻变得怯懦。我们俩真正的聊天总是关于俄亥俄州。从俄亥俄州来的人和纽约人一样——总是炫耀他们的家乡——唯一不同的是，纽约的确有值得炫耀的地方。马蒂不停地在说布朗兄妹、印度人和俄亥俄州的事，他说到勒布朗——我的天，他根本停不下来。他也聊到电影《壮志凌云》，更糟的是，他喜欢摇滚民谣。想象一下空气补给乐团、电光乐团和旅途乐团——都是在用几乎听不到的声音唱歌。

这些都无所谓，坦白讲，如果不是关于鸟的话，因为我不想撒谎，鸟的事情更加奇怪。我第一次注意到的时候是我们走在一个空旷的停车场里，一辆车按喇叭惊起了一群鸽子。它们飞了起来越过我们的头顶——都是些脏兮兮的翅膀。我有些厌恶，而马蒂完全被吓坏了。他僵在原地，双臂紧抱在一起，闭着眼睛，下巴抵到胸口。我问他的时候，他说没什么，但是两三次之后，他无法否认了，"是的，好吧，"他说，"我害怕鸟。"

害怕鸟。

他说它们的喙很吓人，但最让他害怕的是它们的飞行方式。老鹰，它们缓慢舒缓地滑翔？这没什么，但是鸽子？或是小鹦鹉？吓住了。我笑了，他很生气。

"这并没有那么奇怪。"

我不认同。他用谷歌搜索了这种特殊反应是被医学界所认定的，被称为恐鸟症。据维基百科记载，斯嘉丽·约翰逊也有这个问题。"这也许很荒唐，"他坚持道，"但这是真的，网上都这么说。"

所以他一直很怕鸟。每一天都一样：奇怪的对话和简短的聊天，长时间的停顿——千篇一律的心不在焉——偶尔会被她的电话打断。今天也是这样，就现在，我们坐在救护车里，停在克利夫兰大道的凯马特外面。他对着电话那头窃窃私语，我就在他旁边，安静地，假装没有在听他说话。在救护车里要体现出隐私其实很难。我盯着窗外，凯马特简直就是个奇怪的秀场。贪便宜的人开着就快报废的福特车而来，流浪汉在垃圾桶里翻东西，妓女游荡在停车场对面的宫殿酒店外面寻找更多的生意。

今天，有一个人带着高压清洗机，货车后面的拖车上还带着巨大的水桶。他把锥桶和手工洗车的广告放置好。只要 15 美元，看起来挺便宜的。

"宝贝，"马蒂对着电话低语，"我知道你很开心，但至少这个学期结束，你就应该回到我身边了。"一阵安静，接着，"对吗？"

我把脸贴到窗户上假装自己没有听到。我看到一个男人游荡在停车场，他朝着洗车的人走去，他们聊了一会儿，那种轻松的气氛就像是两个老朋友见面一样，然而忽然间，枪响了。洗车人迅速地拔出枪，我甚至都没有看清他的动作，就听见砰，就是那样——砰——我们见证了一个男人被枪击。

第一次，马蒂成为那个先挂电话的人。

"我得挂了。"

他挂了电话，但手机还贴在他耳朵上。

有几秒钟，受害人都没有动静，看起来他有些迷惑，如果他迷惑的话，那我们也和他一样两眼一抹黑。

很显然，这和平常不一样。通常这些事会发生在我们周围但没有那么近距离，偶尔会听说但从未曾见过。一般来说，都是调度员通过电波告诉我们有恐怖事件发生，让我们赶过去处理。今天不一样，今天，我们看到它的发生。

最终，他确定自己好像伤得不轻，应该有生命危险，他是被子弹击中了而不是被打了。他摇摇晃晃地站起来，一只手放在他的喉部，弯曲着膝盖开始跑。

"他要去哪里？"

"他跑了。"

"他为什么要跑？"

这个人转过身，看起来好像是朝着我们跑来。

"他是朝我们跑过来吗？他为什么朝我们跑来？"

"嗯，这是救护车……"

哦。

但他不是朝我们跑来，他挣扎着跑得很慢，血顺着他的手臂流了下来，滴在停车场地上。

"他现在要去哪儿？"

"我们要跟着他吗？"

"是的。"

马蒂挂上挡松开刹车，我们开车追上他，嗯，我应该说什么呢？

"把你的车窗摇下来，兄弟。"

我把车窗摇下来，伸头出去，"嘿，你要上车吗？"

这人抬头看了一眼——他眼睛凸出，舌头也伸在外面，血从他的指间溢出，我不知道他这样还能坚持多久。

马蒂靠到我这边，喊道："你中枪了，老兄。"

这人停了下来，我们继续把车开到他前面，最终，刹车灯亮了，救护车停了下来，我们下了车。我曾经见过很多人中枪的样子，但从没见过人被击中。直到现在，这对我来说是全新的经验，我抓过伤者的手臂，我的腰椎有隐约的刺痛——基因的进化遗传——有人想要杀了这人，而现在，站在他身旁，挽救他，我也会成为被射击的对象。我抬起头，想看看自己是否也被瞄准，但令我惊讶的是，那个洗车人——枪手——正镇定地捡起他的桶和抹布，把锥桶整齐地摆起来，然后坐在保险杠上掏出电话。最后，是这个枪手自己拨打的 911。

这真是奇怪，真的，但没有时间多想。我们把伤者推到救护车上，然后离开。结果，这人真是无比幸运，子弹穿过他的脖子，但没有击中气管和颈椎，所以他可以呼吸，可以动，可以说话。

警察在医院等着我们，他们开始询问。主要是想知道，为什么枪击他的人没有逃跑。伤者说了他这边的故事——他说他才是那人企图抢劫的受害者。警察根本不吃他这套。他们问他为什么一个在停车场洗车的人要抢劫一个流浪汉？为什么他用他自己的电话报警？还有，为什么他能够镇定地坐在车保险杠上等着警察去？

"我才是那个被枪击的人！"伤者叫喊道。

其中一个警察拿出手铐，"因为是你企图抢劫他。"他一边说一边把伤者铐在了床上。

"让他来对质。"

警察摇摇头，"无辜的人是不会跑的。"

马蒂和我走到外面，我还在全身发抖，因为这奇怪的事而晕眩。我看了看马蒂，看他是不是和我一样——他也很害怕和激动……他闭着眼睛，低着头。一只鸟刚刚飞过他的头顶。

两次轮班之后，准备赌一把。

"我们赌多少钱？"

"吃完整瓶芥末？"

"是的。"

"十美元。"

"十美元？"

"是的。"

"多长时间？"

马蒂认为他可以吃完整瓶芥末，开始到结束，中间没有停顿。他很自信，觉得立刻就可以做到，就在救护车上，城市的喧嚣正包围着我们。我知道他做不到，所以我想让他试试看。

"五分钟应该很公平。"我说。

"不够，给我十分钟。"

"十美元，一瓶芥末，五分钟。"

"好吧。"

我们把车开到克罗格超市，马蒂买了一瓶超市自有品牌的芥末，他从熟食部拿了一把塑料勺。我们坐在救护车里，他给自己挤了一大勺的芥末，他开始觉得这真是个坏主意，但他还是吃了。芥末的确不好吃，他又尝试了一勺，这勺明显比第一勺小很多，而且他忍了很久。他吞了下去，深深地吸了一口气，接着第三勺。看起来卡在喉咙那里了。

"不要用勺吃，你不看着它，也许就没那么糟糕。"

他把瓶口塞进嘴里，使劲挤。

眼泪从他的脸颊流了下来，他使劲地甩着头，像是被浸在澡盆里的小狗。他把瓶子扔了。

"啊，不，够了，我不干了。"

我们继续上路，但我没有看路。

"你吃完了？"

"吃完了。"

"给我十美元。"

"停车。"

"啊？"

"停车。"

"为什么？"

"我要吐。"

我把车停到加油站，马蒂跳下车，在停车场就吐了起来。一个流浪汉正靠在墙边，用一个旧的两升水瓶子在洗澡，他停下来看的时候，洗澡水溅到他自己黑色的上衣上。马蒂看到，向他道了个歉。

"对不起，对不起，我好些了，我好了，对不起。"

流浪汉继续洗澡，马蒂往前倾了一下，又开始呕吐起来。流浪汉觉得很恶心，收拾了他的东西，慢吞吞地走开了。马蒂把双手举起来，想要道歉解释，但他一直呕吐不停。

我坐在救护车里忍不住大笑。因为他吐，是的，但也是因为他能公开又大方地让自己看起来很傻；因为他做这个傻事完全是因为他觉得很好玩。因为这件事，终于，我找到了可以相处的人。

"你还好吗，马蒂？"

"是。"

"你看起来不好。"

"因为我的确不好。"

我告诉他慢慢来，把芥末都吐出来，我会等着他。然而，我刚说完，调度员的声音就出现了。

"210。"她通过收音机喊。

我把麦克风的开关打开，"说吧，这里是 210。"

"有个任务给你们。"

25

死去的蓝精灵

马蒂什么也不懂，不是说他不知道自己能吃多少芥末，当然也不是关于工作。他首先承认了这件事。事实上，这也是我们一起工作后他承认的第一件事。作为提醒，他又提了这事。

"我是认真的。"他穿着崭新的制服和没有系紧的靴子坐在方向盘后面。我们已经经历过这个场景了，但是，很显然，我们又在重复。"我什么都不懂。"他看着我，严肃而泰然自若，"一点儿也不懂。"

马蒂说这些，完全是因为我从来没有纠正过他或是指导过他。他提醒我，他和他的第一个搭档出现过他所谓的事故。他所指的这些事故就是他们俩都不知道做了些什么。没有人受到伤害，没有人被误杀或者他们因为找不到地址而就这么离开，好吧，纯属运气好。他们懂得太少了，以至于都不知道该怎么求助——无论谁出现，都不知道该从哪里开始下手。所以，与其寻求帮助，他们还不如瞎搞，他们互相争吵，他们救治的病人——奇迹般地——都大难不死。最终，一个偶然的机会，同时也是为了对这个城市生病的居民负责，他们俩被分开了。但那些都结束了，他现在在这里，准备好好工作，准备好好学习。问题是，我以什么身份来教他？我来这里都还不到一年，忘掉的医护知识比学到的还多。这种模糊的感觉让我有些害怕。害怕他会出错，害怕我会出错。为我们的病人担心，为我们的工作担心。我可以这么想，但没有意义。因为病人不会因为电话那头的医护人员没有准备好而不生病。求助电话依然会进来，我们必须得去处理。但不止这些，我什么也没说，因为尽管马蒂说他什么也不懂——他真的不懂——他根本不觉得有什么大不了。我不知道什么原因，他总是充满自信。他还很年轻天真，完全不成熟，这边——承担着他认为自己还没准备好的艰难工作，那边——他比我还要更悠然自得。他大口地喝着瓶子里的可乐，反戴着格兰迪的帽子。

"我会学会的。"他说，"但是现在？如果我做了什么傻事，要让我知道。"

调度员在收音机那头聊着天，我们早就不注意听了。一旦她给了我们任务——有人摔倒，没有呼吸，吸食过量——我们就不再和她多啰唆。没什么可说的，我开车，马蒂就是那个救治病人和做文字记录的人。基本上，就是负全责的人。处理吸食过量的情况是有一定节奏的，是一种轻巧的方式，和处理停止呼吸的病人是完全不同的方法。吸食过量的人情况会很糟，但处理起来并不难。技巧就是了解病人尽管已经停止呼吸了，甚至离死亡不远了，只要我们及时赶到以及处理到位，保持冷静和镇定——很多人都不镇定——我们就能够救活他。但马蒂不知道这些，因为他什么都不知道。当然，他听说过吸毒的人会吸食过量，但是他不知道判断的依据是什么。他不知道找什么症状以及在哪里找，当他没办法的时候，他不知道怎样从慌乱的旁观者那里梳理信息。他不知道必做的六件事，就他妈的现在，哪一件该最先做。他其实就是不知道该怎么处理吸食过量。然而，从我们到达的那一刻起，他自然得就像是个预言者，走出了自己的身体，成为唯一能够完成这个任务的人。

就要开始了，我们穿过草坪，一个男人挡在门口——像《婚礼傲客》里的文斯·沃恩那样，脸色苍白的大块头。他有些惊慌，试图挡住我们。他告诉我们虽然打911电话的人是他，但他什么都不清楚，不能给我们提供任何线索。事情发生的时候他不在这儿。病人呢？躺在里面地板上那个？好吧，他们彼此并不认识。马蒂没有理睬他，没说话，直接把那人推开，径直走了进去，装药的包挂在他的肩膀上，双臂垂在身体两侧。

那人朝马蒂吼，想让他停下听他把话说完，确保我们明白这里到底发生了什么——从法律的角度——不是他的错。但马蒂继续往里走，立刻消失不见了，一个人凭着直觉在屋子里搜寻。那人气急败坏，因为没人听他说什么，没人在意，让他的整个防御系统瞬间崩塌。那人绝望地看着我，马蒂毫无头绪地在屋子里乱窜，像摩西安静地踩过油毡一样，终于，里面传来了马蒂的声音："这个是他吗？"

那人突然很慌张，跟着进去了，"唉……等等。"

我跟着那人追进屋子里找马蒂。到了卫生间，我们的病人躺在瓷砖地板上。还有脉搏，但是没有呼吸了。

"我不知道发生了什么。"那人继续说。

我觉得那人可能是从天上掉下来的，他看着我，有些疑惑地说，"你不觉得这是吸食过量了吗？"

"有可能。"

吸食过量的人大部分都很神奇，这取决于剂量或是浓度的微小变化，或是运气不好，或是一些令人费解的事，我们把它归为宿命。这也是唐纳德·拉姆斯菲尔德所谓的明白未知。但仍会有一些迹象。关键是要弄清楚病人到底是因为什么原因倒在地上的。因为周围的人、朋友、家人，无论他们有多关心，都不会出卖他们的朋友的。

在亚特兰大地下黑市流通得最多的毒品就是销魂液（丙种羟基丁酸盐）。这是派对和约会强奸最常见的毒品，它会让你当时很嗨，持续无意识到第二天。只是除了无意识——还有死亡和无法醒来，就像中了海地巫毒的僵尸。在救护车上，销魂液的表现方式是一个从男人房间地上拖出来的没有生命特征的脱衣舞娘，或者二十来岁面朝下地摔倒在城市中某个卫生间里的人。销魂液很容易被身体吸收并且无迹可循。我们不知道是不是销魂液，只能根据表现是否相符来猜测。此时的表现——一个男人下午 5 点在自己家里——不太符合。

剩下就是鸦片类了。它们通常是处方药，但我们经常看到的是海洛因，因为价格要便宜得多。海洛因大部分是在黑人社群里流通，但不知道出于什么原因，大部分的消费者是白人——一般来说是厨师和服务员，偶尔也会有高中生。海洛因可以让中枢神经系统安静下来，它会告诉你一切都很好，只要慢下来，不需要担心。任何事情都可以解决。哪怕是内心深处有某个声音在不停地唠叨，只要做个深呼吸，也许就可以继续前进了。如果剂量刚刚好，那么就像被上帝亲吻过；如果过量，那么就会进入呼吸停止的睡眠状态。

这就是我们这个病人出现的情况，他的朋友看着他，感到头晕目眩。我把他推到一边，我们对病人进行基础检测，他则瘫软地靠在门口。我迅速地巡视了一下病人所处的房间——被涂成了令人窒息的蓝色——一个装着剃须工具的帆布包，有人试图把它踢到马桶后面。我伸手去拿工具包的时候，马蒂跪在地上，他把病人翻了过来，病人的手臂压在他自己的脸上——就像一个巨大而沮丧的蓝精灵。马蒂打开他的气管。我朝工具包里看了一眼，装的全是针头和海洛因的粉末。他的气管里全是液体。

马蒂询问病人是否吸毒，他的朋友惊恐又害怕，只是傻傻地盯住病人。马蒂把吸引器拿了出来，又一次大声问道。那个朋友感觉像是警察问话一样，摇着头，往后退，眼睛一直盯着吸引器管子里的旋转着的呕吐物。现场大部分的急救员开始嫌弃这个旁观者甚至是对他不耐烦了，开始对他大声说话。马蒂耸了耸肩，"好吧，"他说，声音温和到几乎快听不见了，"嗯，你这个伙伴？他死了。"

这个朋友顿时脸色苍白，头冒冷汗。

"我本来可以做些什么的，"马蒂说，"甚至是把他救活，但前提是我得知道发生了什么。"

这个朋友因为我们什么都不做只是在那里等着而感到惊慌失措，于是他问嗑药是不是犯法的。我从医药包里拿出吗啡的同时，马蒂把呼吸机接到氧气瓶上。马蒂告诉他吸食毒品是不犯法的，但是拥有毒品是犯法的。他的眼睛看向了我，因为我手里拿着那个帆布工具包。

"如果他活不过来，"马蒂一边说，一边把空气压到病人的肺部，"警察很快就来，但是如果我们知道哪里出了问题，并且救了他，嗯，我们马上去医院，警察不会那么聪明的。你明白我的意思吗？"

这朋友显然明白了他的意思，一股脑地都说了，我们需要知道的和一堆我们不需要知道的。我们立刻开始工作，但同时也在听他说什么，因为毒瘾会影响病人接下来出现的情况。我们需要知道他只是偶尔吸食，一周一两次，还是每天都吸食？因为如果他每天都吸食的话，他很快就会抓狂——可能会死亡——如果我们把毒品从他的身体里完全去除的话。当然，这就是纳洛酮所起的作用。所以我们必须得知道，我应该给他大剂量让他立刻醒过来，还是给他小剂量，只让他恢复呼吸而不恢复意识。这个部分是很微妙的。很多人抨击纳洛酮，诅咒它应该被没收。但不是马蒂，他只是等待着。

"一个月一次或者两次，"朋友回答，"也许更少。"

马蒂点点头，感谢了他。我把又粗又大的针头戳进装着纳洛酮的药瓶里，抽了两毫升。

我抽针水的时候，马蒂继续通着氧气。尽管把管子直接插到气管里会更简便，但我们没有这么做。原因是这样的，一旦我们给他注射了纳洛酮，他就会醒过来。纳洛酮是个神奇药物，可以立即逆转病人的非呼吸状态。我们都听说过一些新的医护人员会先把管子插入病人的气管，然后再注射纳洛酮。噗！病人突然跳了起来，眼睛大睁着，心跳加快，想要拔掉——堵在喉咙的管子。追找一个嘴里插着管子的人是什么感觉——担心他的速度可能比你快，之后你将会失去他，余生将为此不停地解释——我不能再想下去了。

接下来，我开始给病人输液，马蒂证明了他是个处理过吸食过量毒品的天才，但我知道他根本不知道怎么输液。我跪在地上，找到病人还未被海洛因破坏的血管，然后把针戳进病人发黄的皮肤里。一旦确定针已经扎好，我才会把输液开关打开。马蒂晃动了一下血容量检测仪，一把抓过病人的手臂。他朝那个朋友眨了眨眼睛，"离开这儿，往后退，这间小小的卫生间就要发生些什么了。"

我推动柱塞，两毫升的吗啡很快就没了，几秒钟的时间，海洛因的作用就会消失，一个全身是汗，头脑不清的病人就会开始想呕吐。我们等待的时候，马蒂开始倒数。

一秒，两——

"老天爷！！！"

马蒂笑了，又一个白人男孩儿被救了回来。

26

外星人的声音

马蒂和我继续出勤，每一次我都在等待着这个天才能闪光，但从来都没能实现。很奇怪的，除了处理药物过量，其他的情况他都不能掌控。其余时间他都显得像个新手，毫无头绪。对于我自己来说，我没有特别的专长，至少在用药方面，我没有专长。我拥有的只是信念。这很可能会误导别人，而且完全没有逻辑性，更不用说有力的证据了（通常），但它总是一样的。我相信我可以用我的方式解释所有的事情，运用在任何情况下，让任何阶层的人明白。我总是相信我的病人——哪怕是生气和充满暴力的，哪怕是要把他妈妈的房子都拆掉的——他们也不会伤害我。也许我相信，但马蒂很怀疑，所以现在，只剩我一个人和科德尔坐在救护车里。

半小时之前，我们被派去处理一个精神病人的任务，也许还有暴力倾向。我们开车去到灰狗巴士车站——从玻璃窗里看过去都是流浪汉、瘾君子和偶尔在旅途中迷失的游客，亚特兰大的市区已经被这些人包围了——我们才意识到，我们到这里来处理的不是一个普通的暴力精神病人。

"告诉我那不是科德尔。"马蒂一边停车一边说。

"也许今晚他很平静。"

科德尔是一个多发性的精神分裂症患者。但他一直不好好服药，一旦停药，他的病就会发作。就算车窗是紧闭的，我们仍然可以听到他的吼叫声。马蒂点点头。

"听起来并不平静啊。"

"嗯，"我说，"一点儿也不平静。"

马蒂没有心情再玩游戏了。他想要打电话给警察和消防队，等待他们的支援，人多一些，可以控制住科德尔。马蒂认为如果我们能把科德尔绑在担架上，给他一针镇静剂，让他一直睡到我们到达格兰迪医院的话，会容易一些。在我们的权力之内，这对我们来说是最好不过的了。科德尔朝着过往的车辆和停在那里的巴士吼叫——朝着过路人和夜晚的天空吼叫，看似朝着所有的东西吼叫，但又没有准确的目标。他吸引了围观人群，也被围观人群辱骂。最终，他打伤了别人，也许自己也受伤了。就算是这样，我还是认为我们自己可以处理。

科德尔听到我关车门的声音，他转过身来。我是人群中唯一一个穿着制服的人，还有救护车，这意味着权威。科德尔停止了叫喊。我个子不大，但科德尔个子很大。大约有三百多磅重，接近两米高，虎背熊腰，穿着风衣和脏兮兮的卡其裤，脚上穿着一双 14 码的运动鞋，他踩着后跟，这已经像拖鞋而不是运动鞋了。胡子拉碴，像竖着的麻线和枯草一样乱糟糟的。

他跺着脚，气急败坏的样子——像是从动物园逃出来的犀牛。

他威胁我们，威胁每一个人。他告诉我们无论我们做什么他都不会配合。马蒂有些生气，箭在弦上要发脾气了。但是这些任务都需要耐心，如果没有病人，我什么都不是。我就是滴穿石头的水珠。

冷静。

跟我们合作。

跟我们来。

或者别的。

滴。滴。滴。

科德尔转过身，狠狠地看着我们。他离我们还有几米远的时候，我们就已经被他的影子覆盖了。他向前靠了靠，马蒂本能地往后倾了一下。科德尔眨了眨眼睛，眼睛里的凶光突然温和了起来。

"我把东西拿上。"

所以，我们现在在救护车里，我写着报告，科德尔被六七个装满日用品的袋子包围着。很难准确说出到底是什么让他安静了下来。我仔细思索，大部分不稳定的人，他们知道有什么不对，就很抗拒，想要寻求帮助。但有时候我的判断也不对。上个月，我们负责处理过一个女人，她的身体是在这里的，但思想早就飞到外太空了。警察在马路上把她弄到警车里，我负责和她一起坐在后排。没有任何预兆地，她拿出一把 25 厘米长的刀想要刺杀我。我们坐得近在咫尺，她用力地挥舞着刀，我左躲右闪地躲避。

今晚依然是这样，但科德尔需要帮助，今晚他认可了，唯一能去的地方就是 13 楼。

任何说自己疯了的，或是想要伤害自己或是伤害别人的，或是说政府把窃听器埋到他皮肤下的病人——他们都被送到 13 楼。精神病的楼层。很多大楼都没有 13 层，但是在这里，亚特兰大，格兰迪——南部最大的公立医院——13 楼是精神病患者的家园。13——是两个充满魔力的读音，说出了轻蔑或者说出了敬畏又或者说出了恐惧。13。

科德尔说他听见一些声音。"我不能再听下去了。"他说。

"他们说了些什么？"

他看向别处，头和肩膀都在晃动，救护车像小船一样摇摇晃晃。他听见我在说话，但是不能专心——他同时进行着两场对话。

你一点用也没有，就是个蠢货。你妈妈恨你，每个人都恨你。你为什么还在这里？你为什么还在说话？你为什么还活着？

"你吃药了吗？"

为什么不把那该死的医护员杀了？真的，没有人会在乎这事儿。动手吧。动手，趁现在。当你完成的时候，他就死了，然后打开后门，跳出救护车，把自己扔在高速公路上。

"科德尔……"

动手吧！

现在。

他眨了眨眼睛，思绪又回到了救护车里。

"他们说什么了，科德尔？"

"不好的事，卑鄙的事。"

"他们是不是告诉你要伤害自己？"

他点点头。救护车又经历了一次颠簸。

"他们跟你说要伤害别人？"

他耸了耸肩，看向别处。

如果他不想说太多，那就算了。我们之间除了安全带再无其他。没必要惹怒这头熊。

"我还可以问你吗？"我瞥了一眼时钟，"我猜他们不是才开始跟你说话，应该说了一段时间了。所以，是什么时候？11点30？怎样激怒你？"

"我在里面要腐烂了，我必须得撕开，让这些蠢货出来，我必须得释放这些压力，才能得以清洁自己。"

这不是一个完整的故事让你可以说些什么。

"但是他们让我等一等。"

"那些声音？"

再次点头，"他们说要等到午夜12点。"

现在是11点28分，我坐在椅子上挪动了一下，"你知道，我猜医生们是不愿意看到这些事发生的，"我耸了耸肩膀，"我也不希望这事发生。"

"如果你要试图阻止我的话，我必须得杀了你。"

接下来的15秒，我们都陷入了沉默。科德尔没有察觉到我的不爽，我之前接过他四五次，我们都有说有笑的，彼此之间建立起了一定程度的相互尊重，但不排除突然失去理智的暴力。

前面，马蒂正在等红灯。

11点29分，我们有31分钟。

我们等待的时候，科德尔把腿交叉了起来，左边没有拴紧鞋带的脚悬晃在空中。

"科德尔，你的鞋上沾到了口香糖。"

他摇摇头，不是口香糖，是塞子，"他们把汽油灌进我的身体，每天晚上，就是从那个洞里灌的。"

"他们是谁？"

"把口香糖拿掉，你就可以一直看到我的脑子。"他把脚重新放到地面上。

11 点 33 分，还有 27 分钟，我们倒数着。

电话响了起来，我们还有几条马路就到格兰迪了。科德尔拉紧了安全带。

"那是谁？我说过，除了我们，没人会回来这儿。"

科德尔伸手拉安全带的时候，我的胃部缩紧了一下，我把手机拉了出来。

"看，是我的手机，只是手机，只有我们。"

他盯着我的手机看的时候，我抓紧了手里的手提电脑，一旦他攻击我，我就把电脑举起来扣到他头上。

科德尔点点头，放松地坐回椅子上。

马蒂把车停到格兰迪医院救护车坡道上的时候，我们着实松了口气。我站了起来，靠近科德尔，帮他把安全带松开。他微笑着，抓着他的袋子，从侧门挤了出去。我们走进大楼，穿过检伤分类，直接朝电梯走去。我走得很快，科德尔艰难地跟在我后面。我们到达电梯的时候是 11 点 42 分，还有 18 分钟。

格兰迪总是很拥挤，每个人都要上上下下，去这里去那里，所以没有电梯是空的。不同的人挤在一起，13 个按钮中的 11 个都被按了，我们的目的楼层也被按了。我被科德尔庞大的身体挡住了很久，终于，我们到达 13 楼。

还有 15 分钟。

出了电梯，我们遇到独自坐在桌边的保安。每一个病人经过的时候，都要把身上带的东西全部放到她的桌子上。她检查着被揉皱的地图、散掉的香烟、打火机、牛油刀、过期的乐透彩票、损坏的墨镜和脏兮兮的内裤。任何尖锐的器物，任何能变成尖锐物，任何可以勒死自己，任何能被吞咽的东西——都会被没收。

病人们总是大惊小怪地抱怨，上次我的回形针丢了。上次你抽了我的烟。上次那个胖女人偷了我的胸罩。

桌子旁边有一个金属探测仪，再往里是通向精神病病区的双开门，那边有一个人，只看见一个手指在玻璃上敲打着。他要求把他放出去，他想抽烟。只抽一支，速度会快，他保证抽完立刻回来。

我问科德尔怎么样，他没有回答。他来回走着，双手放在肚子上，手指抠着皮肤。

"好，嗯，你只需要保持冷静，很快就轮到我们了。"

接下来的六分钟过得非常让人心烦，时间越看越模糊。

保安还在检查那些袋子，"把所有东西都拿出来。"她一遍一遍地重复，"口袋里也是，我要检查所有的东西。"

整个过程中，那头的那个人不停地敲玻璃，不断地要求要出去抽烟，非常快，他一定会迅速回来，他保证。

"下一个。"

我百无聊赖地看着科德尔把口袋和袋子里的东西全掏了出来，并且被分了类。终于，我们通过检查来到精神病的检伤分类。

11 点 50 分，还有 10 分钟。

工作人员试图让这个区域尽可能地安静，但他们也无能为力。这里闻起来就像是臭袜子的味道，满是因为这样或那样原因，需要立刻得到精神科帮助的人。房间的中间有一个被玻璃墙隔开的护士站——完全透明和无遮挡的，如果有病人袭击护士，其他人立刻就可以看见。今晚，当然，里面没有人，护士去哪里了或者她什么时候回来，我完全不知道。科德尔开始紧张了，又开始踏步走。我告诉他放松些，在这世上，我们有的是时间。他只是摇摇头，很快就到午夜了，他是清楚的。

科德尔试图坐下来，但他的椅子被占了。他靠在墙上，手臂交叉抱在胸前。他十分焦虑，而在这儿的一帮人一点儿帮助也没有。

一个女人裹着毯子横躺着，占了三个椅子；一个男人满身都是草和泥巴，没人愿意坐在他旁边；一个满脸怒气的青少年在自言自语；还有一对夫妻——完全失常了——假装他们不需要来这里。一个单身的男人在房间里踱着步，夹克的拉链一直拉到顶，他帽子的中间印着 CIA 三个大写字母。他慢慢靠到我旁边，凑了过来。

"我把档案丢了，"他低声说，"全部，我的薄荷糖也不见了。"

现在是 11 点 55 分，科德尔重重地靠到墙上，像是对着某种看不见的指控使劲摇着头，他的眼睛又红又充满野性，盯着我。"我受不了了，"他结巴着，汗珠流过他的脸庞，"我必须得做点儿什么。"

"保……保持冷静。我去找护士，待在这儿。"

我摔门而出，朝写着"仅限员工"的区域跑去，我使劲敲着第一道门。一个睡眼惺忪的女人慢吞吞地应门，"听着，"我说，"在检伤分区那里有个病人威胁着想要伤害自己，我需要护士。"

如果说她已经感受到紧迫性的话，我在她脸上一点儿也没看出来。她平淡地告诉我护士一会儿就会过去了。我看了看表，还有 30 秒，也许马蒂是对的，也许我应该给科德尔注射镇静剂。我跑回检伤分区的时候，找不到科德尔了。然而，戴着 CIA 帽子的男人还在。

"你还没找到我的薄荷糖吗？"

我四处寻找，试图找到一个能藏住三百多磅的地方。有了——卫生间。我冲了过去抓住门把手，但门被锁住了。

三，二，一，午夜。

此时，一个平静的声音从门那边传来，"谁呀？"

"科德尔？你在做什么？"

"上厕所。"

"什么？"我问。

"上厕所。"

我笑了，我的背上被吓出的冷汗弄湿了，我把头靠在木门上。

"这周我都没有好好上厕所了，"他说，"那些汽油，一直束缚着我，这里是唯一他们不能给我灌汽油的地方。"

"所以这就是你所谓的……好。好，这真是个好消息，科德尔。"

"可以让我有点儿私人空间吗？"

"当然。"

我不知道我们离开之后科德尔发生了什么，也不知道他会经历怎样的治疗，多久之后那些声音才沉寂，他在 13 楼待了多久。跟踪每个病人的进展并不容易，更别提一个被隔离在格兰迪医院精神病病房的病人了。我们确实再次见到了他，但这一次见面完全淹没在他那混乱意识的流沙之中。并不是每个都像这样，一些人喜欢说话，需要说话。迪肯·布朗就是这类人，他也曾待过 13 楼，他会把他的故事说给所有愿意倾听的人。

"我叫迪肯·布朗，我曾经被外星人绑架。"

他正揽着一个人在大聊特聊，说他的故事，"我没有骗你，"他说，"外星人，就那样把我抓了上去。"

迪肯首先承认了他是个酒鬼，他也毫不避讳自己是个惯犯。"我就是一团糟，"他一边说着，一边瞪大了黄色的眼珠子盯着那男人的脸，"看看我，穿着别人的裤子。"

这些都没什么大不了，他很疯狂，也许精神有问题，但那些并不会让他成为骗子。"外星人，"他说，"对主发誓。"

他被绑架事件发生在庞塞。当时他正蜷在杂货店旁边的一块草地上睡大觉，不知道从哪里冒出来的一束光，亮得让人眼瞎。整个世界都他妈的被照得雪亮。在他还没反应过来的时候，一大群外星人从一个很大的不知道是什么的东西里走了出来，抓住他并把他举了起来。他没有顺从，不管你是不是外星人，都不应该在迪肯·布朗做着美梦的时候把他抓走。他又踢又叫，还挥了几拳，但是一个人能做什么呢？对付外星人。没有人会经历从另一个星系飞进来的麻烦，为的只是被一个醉汉打败。所以他只好跟着他们走了。悬浮在空中。

他登上船，只有刺眼的灯光和冷冰冰的钢板，外星人抓住他的手臂和腿，他们拿走了他的衣服——甚至拿走了他的美工刀。然后他们把他捆住后放平，在他的上方，他看到一束微光：一个很长很尖的东西，他可能就快死了。他拼命地叫喊，他的皮肤被刺穿，他有灼热的感觉，身体里面像是被煮熟了一样。他最后的印象是满嘴的盐味儿，像是海水把他淹埋了一样。之后他就昏死过去了。

持续的噪声把他吵醒了，还有身体的移动。他出来多久了，他在哪里，他都不知道。他只知道他还活着，但这是不是件好事他也不知道。他睁开眼睛的时候刚好看见他的左手臂被夹住了，眼前的一切又一下子变黑了。看起来他们还没有把他研究完，越来越多的外星人到来，数不过来——他们列着队，排山倒海一样地过来，像中国军队攀上高峰一样。他每睁开眼睛看一次，他的身体就更没有力气一些。他的皮肤被一次一次戳破，甚至是他的阴茎，天啊，他们甚至把某些东西放在他的阴茎上，无论你想说什么，对于那些穿越了半个宇宙只是为了强奸一个小家伙的生物来说，一旦触碰了那人的阴茎，就完全是另一回事了。

几天之后，几个月之后，也许是几年之后，他在这里醒来，就在格兰迪。他认为他瘦了。他非常确定自己矮了五厘米，不管之前他们对他的左手臂做了什么，总之现在又回来了，比之前还壮一些了。他们治愈了他酗酒的毛病，同样，也让他把烟戒了。

"就是这样，"他说，"从一开始到结束，外星人绑架了我，我不知道他们把我带到哪里去了，但现在我就在这里。"迪肯往后靠了靠，张开双臂，"我什么都弄不清，我只知道我现在病了，所以，你有一块钱吗？或者两块？"马蒂和我刚刚到那儿开始工作，我们虽然没有听到这个故事，但我们看到张开的双手和被迪肯堵在角落里那人尴尬的笑容。那人的眼睛很宽，眼神里透出惊恐。他也许只是个过路人，或者某个病人的叔叔，他来这儿只是想送束鲜花或是晚餐，他最终会离开，返回他的车上，离开亚特兰大，把所有这些疯狂的事情丢在脑后。我们可以告诉他，我们可以向他解释，这就是迪肯，总是喝酒却从不吃药，经常被带回来送到这里，我们可以告诉他两天前是我们把他带回这儿的。我们可以告诉他，迪肯现在告诉他的故事，关于外星人、针刺和亮光的事，其实是我们。但我们没有那么做。

相反，我们绕开了，我们继续往前走，让那男人继续留在原地，惊恐和害怕着。这个故事，这一刻，会永远留存。他会把这个故事告诉他的孙子们，就会变成真实的故事。

"我被外星人绑架了，"迪肯说，"他们把我抓了上去，我向上帝发誓。"

27
今夜无人死去

马蒂不相信有人会死，他冲调度员摇着头，就好像调度员是在他面前而不是声音一样。"简直是胡说。"他一边说着一边把警报打开。我们在赶去松树街的路上，这个城市最大的流浪汉收容所，有人在那里倒下了，有可能已经死了。"他要真死了，那我比那个狗娘养的死得更久，"马蒂说，又一次摇头，"我向你保证。"

"你可以不要这样说话吗？"今晚是我负责处理病人，马蒂负责开车。这也就意味着，如果那个家伙真的死了，我就是进行处理的人，"你这是在诅咒我们。"

他根本没被吓住，"这些人总是打求助电话，"他说，"从来都是骗人的，从来没有人死。"

"我们打个赌，你是不是会觉得开心点？"

"赌他没有死？"

"赌他没有死。"

他笑了，救护车刚好呼啸着穿过一个十字路口。"好，"他点点头，非常自信，"如果他死了，那剩下的任务都由我来完成。"

"还有文档工作。"我补充道。

"好。"

我们握了握手，"但你会输的，"马蒂说，"因为这个家伙不会死。"

他也许是对的，我们成天都在打赌——赌病人死或者没死，赌精神病人在图书馆里有没有穿内裤。当有人拨打 911 的时候，调度员回答并且会提一系列的问题，由此判断病情的紧急性。大多数人在被问到的时候，都会把症状说得比实际情况严重，流血总是很多，疼痛总是很难忍，临盆总是就快生了——实际上还差得远。有时候是因为打电话的人有些歇斯底里和反应过度，觉得如果他们不说得紧急一些，通常要多等 20 分钟救护车才会到，如果他们说他快死了，那只需要等 6 分钟。

马蒂把救护车开到收容所，嘴里还哼哼唧唧的。这个地方就在城市中心，乱七八糟的，很久之前就被荒废了，但不知道为什么，仍然开放着，这里简直成了流浪者的专属地。白天，成百上千的人聚集在这里，吵架、打架、乱尿、嗑药、被捕。夜晚就更糟了，那些没有找到床位的人，那些有了床位但毒瘾发作而全身瘙痒的人，那些完全不想找床位的人，又是一波高潮——全都在街上游荡。他们从破败的汽车旅馆倾巢而出，从复兴公园的黑暗处悄悄出来，都聚集在空地上。

收容所只有两个出口，马蒂抓过收音机问调度员我们的病人是在哪个出口。她不确定，让我们稍等一会儿。我们期待着听到病人就在主出入口。主出入口通向楼上，没有那么多人。楼上也是另一个奇怪的旋涡——大大的房间被三合板分隔成很多的小隔间，给少数那些幸运的人作为他们的永久居住地。在宇宙之中有一些真相是如此的令人困惑，它们永远不会被揭示出来。一个无家可归的人是怎样成为收容所里的永久居民的——他是不是依然"无家可归"？——这是其中一个真相。所以我不会寻找答案。仍然，前门的人进进出出的，快速和没有痛觉，就像这里的急救召唤一样简单。

侧门就有些不一样了。

空中传来调度员的声音。"从侧门进。"她说，"有人在那边等你们。"

我们慢慢地开下陡峭的坡道——注意不要碾压到任何一个乱穿马路的人——然后下车，踩到污浊的人行道上。我们立刻被嘈杂的声音和难闻的气味包围，如同行尸走肉的人向我们涌来。两扇门大畅着，但太黑了，我们一点也看不清里面。一个穿着黑色汗衫的人靠在墙上抽烟，汗衫上面印着"强制执行"。他也许是等我们的那个人，但也不好说。他根本没有理睬我们——穿制服的，从救护车上下来的人——直到我们靠近他，并且明确是有人打了 911 电话，我们才过来的，他这才点点头把烟抽完，掐灭。"是的，好吧，"他说，"你们跟我来。"

几秒钟之后，我们来到了一间娱乐室，有许多人睡在条凳上，还有在玩牌的，还有自言自语的。一些人整天都在找人吵架，其余的——像疯狂的哨兵——守护着他们的包。那些粗心大意者的处方药会被那些欺凌弱小的强者偷走。灯光很昏暗，所有的东西都是用破碎的混凝土做成的。空气中弥漫着恶臭。我们几乎看不到前面该怎么走。

每走几步就有人喊，"这里有你的病人！"完全是哗众取宠。其他人则站在我们两侧，像发霉的空气里的幽灵一样，询问着关于疖子、伤口、牙齿化脓、手指坏疽的问题。我们从黑暗中挤了过去，穿过他们的叫喊声、笑声、咒骂声和恐怖的肺结核的咳嗽声。经过一个临时的神坛，有一个胖胖的牧师在嘈杂声中祷告——"你必须告诉他，主耶稣，我将自己交给你，因为你是万王之王！"

我们迅速地扫视了娱乐室、睡觉的地方以及洗澡间。"强制执行"的男人手里拿着个对讲机，他一直在跟对讲机里的人讲话，对方是谁我们不清楚，但那人知道病人到底在哪儿。终于，他停了下来，说道："我猜他应该是在地下室。"

也太幸运了。

我们往下走，一步一步地进入无边的黑暗之中，远离空旷，被嘈杂的声音包围。我们在充斥着腐臭味肮脏身体的大厅里穿梭，每踩一步，鞋子好像都黏在了地板上，像是提醒我们似的告诉我们，这不是我们一天想要的开始。在楼梯井那里，背着四五十磅重的设备，我们经过了像幽灵一样的人——骨瘦如柴，穿着破烂的衣服——摇着头说，"那狗东西看起来不行了。"预期，往往是每一个任务中最具有戏剧性的，但有时候当我们到达现场的时候——尤其是我们的逃跑路线是如此危险时，围观者又那么好奇——这个时刻就会到达顶点。就像今天，我们的病人四仰八叉地躺在地下室的地上，剧烈地抽搐。被一群伸着脖子张望的人和医学理论家包围着——我见过那个状况，那肯定就是艾滋病。

马蒂捅了捅我，"我就说他没有死。"

围观者仍然围着我们，半晕甚至有些疯癫的瘾君子，他们因为各种原因来到这里。最早来的人是因为无聊和好奇。也有一些接近疯狂的人认为自己可以提供帮助，以及少数奇特的人，为了这个陌生人居然要痛哭流涕起来。

我们没有把工具箱放到地上，就像我们的鞋子一样，会被粘在地板上。我们救治病人的时候都由我们自己负重，像阿特拉斯山一样。我拿过针头，像海盗一样把针咬在牙齿中间，我伸手拿过药包，拿出阻止癫痫的药，把针安到针筒上，我推了一毫升的空气进去，然后看着气泡上升到最上面之后吸出一毫升的阻止癫痫的苯二氮。接下来，我轻弹针管，把多余空气排出，然后注射到病人的腿上。我推动活塞等待着。但没有动静，病人还在乱抓东西。围观者——用他们所懂得的医学知识——开始显得坐立不安。他们想看到结果，他们想看到被治愈。他们还没有开始有要求，没有采取行动，但他们会的——等着。他的抽搐停止了。在肮脏的地下室的那些男人都平静了下来。这时，一个严肃的声音传来——"妈的，那儿的那个家伙才是重，真他妈重。"

现在是关于人们的猜测，就像对这个家伙的猜测，一个躺在流浪收容所地下室的家伙，也许是因为没有吃药，或者他吃药了，但是喝得太多降低了药效。还有另一种说法，他就是另一个不珍惜自己生命的傻瓜。但通常猜测都是错误的。在我检查他的各个重要器官的同时，马蒂快速检查了他是否有外伤。看看他有没有流血或是骨折或是受伤，以此来证明他不是自己走下来以后才开始乱抓的，也许是从哪里摔下来或是被扔下来的。马蒂在寻找任何能证明表象并不是实际情况的证据。他把手伸到男人的头下面，抽出来的时候，整个手套都沾满了鲜血。我们把他翻过来，马蒂找到了一个伤口——在脑袋后面，像两片肥厚的嘴唇外翻着。马蒂按了按，本来坚硬的头骨立刻塌陷了下去。骨折了，意味着是他的脑袋在流血，也是为什么他会乱抓而且随时又会开始乱抓，甚至会死去。

时间紧迫。

把他从砖建筑大楼的地下室弄出去我们需要帮助。但这里没有信号，没有人可以求救。我们只能靠自己。我们花了五分钟的时间把他固定住，清理他的气管，并给他接上氧气，把他弄上楼真是很痛苦。半路上他就又开始抽搐，需要给他再加注针水。

楼上有灯光，但并没有变得轻松，人群涌过来，他们推搡着、叫喊着，有人试图让出一条路来，其他人则企图阻止我们前进。他们朝彼此尖叫，也朝我们尖叫。有些人直接忽略这个病人，还在询问我们怎么治胃痛。牧师从人群中挤了过来，站到我们前面，把一只手放到病人的胸前。病人又开始抽搐。"这个人需要祷告。"牧师说。

我已经受够了，我把担架往前推去，撞到了牧师的肚子上。"我已经祷告过了，"我告诉他，"主告诉我赶快把这家伙送进医院。"

我们终于得以离开。

28

天堂的又一天

那些认识我们的，听过这些故事的人，和我们一起大笑或是嘲笑我们——那些担心我们的人——会猜测我们的一天是怎样度过的。他们试图猜想我们两个奔波在亚特兰大，在最糟的情况当中寻找机会。这就是我们经常听到的，我说，也正是你认为的样子。

就算你每天都上夜班，每一天也都是一样的。救护车就像是一条传输带，急救医学是工厂。心脏、肾脏、肺、腿——组成人体的各种原材料——一直到组装线。损坏的部位会以最快速度被修复，还有更多原材料要送进来，齿轮转动起来，炉子烧热了，烟被吹向空中。

在不断重复中实现拯救，我能这样做，因为我之前做过——

一半靠祷告，一半靠实践，还有在飓风中喃喃自语的自我怀疑。如果拯救生命的可能性成了日常，成了肌肉的记忆，那么每一次值班开始都会是一样的。我打包午餐、冲澡，穿上制服。亚特兰大不仅热，还十分潮湿。雨水总是那么丰沛，下个不停，树叶子都吸饱了水分，蒸汽从地上升腾起来。浆过的领子，厚重的裤子，黑色的靴子——让我整晚都会冒汗。

我跳上车离开所住的街区，和刚下班回来的邻居挥手打招呼。每次都一样，当我离开的时候，脑子就会徘徊着同样的一个鬼故事。如果有人来到门前，我家的门前，会发生什么事？狗狗们激动的狂吠声会不会把他们吓跑，锁够牢实吗，门呢？我妻子会记得给手机充电吗，手机就在她旁边，她一伸手就可以够到，当有人破门而入的时候，她就可以打电话求助，因为，那门不可能那么牢固，抵抗不住谁来踹它。门从来都不够牢实。那个闯入我家的人，有可能会待在楼下，偷完电视机、电脑、摄像机之后就消失在夜色里呢，还是会上楼去？报警系统打开了没有，警察多久会出警？还有枪？就在那儿，装满了子弹，一切就绪，我和萨布瑞娜都是合法持枪，但仍不能掩饰"惊恐和害怕"。想到有枪在那儿，我稍微安心些，但是家里有人闯进来，一定会慌乱和发抖，萨布瑞娜会有一个冷静的头脑，拉开保险栓，瞄准——击中某人吗？那如果她打偏了呢？还会有时间让她再开一枪或是只能这样了呢？如果结果很糟，我还能再次从事这份工作吗？或者我会非常痛苦、非常生气、非常多疑，那个罪犯——绝对没被抓住，因为没有人被抓住——就坐在那里，在我对面，当我把他骨折的手臂装上夹板的时候他痛苦地缩了回去？

我每天离开家的时候都会这么想，而每次当我开车离开邻里区的时候我都发誓再也不值晚上的班了，但我都没那么做。

开车的 20 分钟是那么平和，我听着"新鲜空气"的播客——特里·格罗斯安静的声音和格兰迪完全是两个世界。直到我到达格兰迪，我都处于另一个空间里。我停好车，走到医院。病人和家属们毫无头绪地乱窜着，流浪汉们到处找钱或是毒品，在日落之前能想办法离开大街回到医院里面。紧急医疗救援区域里，白天的组员们正坐在一起聊天。一个接一个的，晚班的组员陆续到来，有那么一个时段，我们混合在一起，夜晚的和白天的，开玩笑、大笑，不停地说些无聊的笑话。我们晚班的组员会跟白班的组员开玩笑，因为他们的工作已经结束了，但他们从来不跟我们开玩笑，因为我们的工作还没开始。这就是个不成文的规定。你可以说我不行，不能胜任你的任务，但说你希望我也遇到同样的麻烦，那是不行的。你不能那么做，一次也不行。十分钟的瞎聊之后，白班的组员准备回家了，我们要开始工作了，等所有事情交接完毕之后，他们会转过身，看着我们的眼睛说"注意安全"。他们说的时候是发自内心的。注意安全。

我打卡之后开始准备工作。我把工具包放到救护车的后门上，戴上手套，拿了一块抹布和一瓶消毒剂，准备把之前留下的所有痕迹都擦干净。什么地方都不漏掉：座位、柜子、担架上病人会碰到的地方、只有我会碰到的地方。我还擦了门把手，还有装在车顶上的银色杆子，因为每个人站起来的时候，都要靠拉住它才能站稳，碰它的就有可能是带血的或是感染的手。

我接下来检查所有的仪器，一次检查一个，确定仪器在那儿并且状况良好。不止这个，因为就算仪器在那儿，我也需要它在我需要它在的位置。每个人都有自己出勤、处理危机和测算的方法，就是这种风格决定了我会怎样安排我的救护车。有些人没有按自己的需求把救护车安排好的话，就不能接任务，我不是这样的人，但已经很接近了。打扫干净救护车之后，我把钥匙插入点火器，柴油发动机有生命力地响着。

马蒂到了之后，他装了块电池在对讲机里，把开关放到"在岗"。现在是下午5点，一旦我们出现在调度员的屏幕中，我们就会开始接任务。一个任务通常会给我们一些比较靠近的地方，除非完全没有人，附近也没有其他的救护车，那我们就会被派到比较远的地方。有些只是牙疼，调度员没办法处理，只好派我们去；有时候是真的快死的病人却需要等上20分钟才有救护车。

但今天不是，我们显示在岗的时候，还有四辆救护车在等待，所以我们接的任务是市区。是个酒鬼，他一路摇摇晃晃找到酒馆门口，现在他已经完全倒在人行道上，像是从水里蹦出来的鱼，身体在陆地上使劲拍打着地面。这次任务用时很短，就在街角，我们都没有太多时间集中起精神，进入微妙但持续的等待大任务的警觉之中。

我们出来的时候，太阳还很大。我的脚已经融化在黑色的靴子里。我们给这个酒鬼注射了安定，但他还是在乱动，根本停不下来。我们把他送到医院，依然没有改善。一个护士想约马蒂出去，仅此而已。

我们还没有交接结束，对讲机响了起来，调度员要给我们任务。"就在前面不远，"她说，"公交车站。"

我们问她那里发生了什么，她有些含糊其词，只告诉我们现场很安全。"赶快把车开过去看看。"

我们在公交车站找到了他在那里等待着，但不是等我们。等着死去或者等待一切过去。也许他只是在等他的公交车，猜不出来，他几乎不跟我们交流。我在离他半米远的地方停下，靠着墙。马蒂更是待在离我几米远的后面，看得出他不想靠太近。这不能怪他，这人坐着的时候，把腿交叉了起来，很随意的样子，但有蛆虫正在咬着他的脸颊。

蛆虫几乎占据了他整个左脸，从鼻子一直到耳朵这儿，从眉毛一直到下巴，那些腐烂腐坏的皮肤都被啃噬着——我们看着他，他依然安静地坐在长凳上。起码有上百只蛆虫，它们都在抢夺位置，每隔几秒就会有一只蛆虫从他脸上掉下来，在空中蜷曲着掉到地上。我从来没有见过这样的状况。

马蒂从他那十分安全的观察位置问发生了什么事。这人把左手抬高，然后用手背按住眼睛，顿时，鲜血和一些白色的幼虫被他挤压了出来。"皮肤癌。"他一边说着，一边把手放在汗衫上擦了擦。他的黑色素瘤被感染了，他找过医生、护士，做了检查，最后还是决定离开。他走了出来，在医院对面的灌木丛待了一晚上，那里成群的苍蝇叮在他身上产卵，短短的时间里就把他的脸变成这个样子。他再次挤压了一下眼睛，又是一股鲜血淌下来以及更多恼怒的幼虫。马蒂往后退了几步。

"你得起来，"我说，"必须到医院里去。"

"为什么？"

"因为有蛆虫在你脸上，因为它们正在吃你，一点儿也不夸张。我们说话的同时它们正在毁灭你。我觉得你的眼睛已经完蛋了，谁知道接下来会怎么样，起来吧，拜托你了。"

他再次抬起他的左手，在我后面的马蒂几乎要吐了。但这人纹丝不动。他已经去过无数的医院找过无数医生，整个过程也许还没有结束，但是癌症已经把他毁灭了。他再次把腿交叉了起来，揉着他的眼睛。"我不会回去的。"他说，"我不想去，我也没必要去。"

一辆公交车靠站，乘客上上下下，亚特兰大的日常生活仍在有条不紊地继续。

于是我们叫了医生来，他带了轮椅过来，站在这人的后面跟他说话。这人昨晚还是他的病人，现在却已经被蛆虫咬成这样。医生用温和的语气对他下了最后通牒，他说他可以无奈地把他送回灌木丛，让他继续被活生生地咬死。这个说法奏效了，那病人站了起来，一屁股坐进了轮椅里。我抓过把手推走了轮椅，马蒂跟在后面，小心翼翼地生怕踩到蛆虫，它们现在都微微地蠕动，舒适地存活在这个没死的人脸上。

这真是个刺激的开始，但今天才刚刚开始。我们才开工两小时。我们在格兰迪处理完之后就被派到站点等候。我们把救护车开到一个安静的地方，这样可以通过挡风玻璃安静地看着世界从我们面前经过。这整个过程中，对讲机里一直有人在聊天，一刻也没有停止——调度员的对讲机简直就像是青春期女孩不睡觉的聊天会。今晚我们很幸运，其他人一直有任务。我们只需要负责支援空白的地方就行，辛普森路有任务，我们就去辛普森路，市区有任务，我们就去市区。几小时的时间里，我们来往在各个站点，都没有怎么注意，下班高峰时间已经过去。太阳落到了树背后，整个世界开始重新充电，准备更新自己。我们有了一点儿时间吃晚餐，听一听勇敢者的游戏。马蒂对着对讲机吼道，乌歌拉？又来了？

晚上 10 点，聚会结束，城市重新充满了活力，任务开始接踵而至，我们像是被吸进机器里一样——两三个任务之后我们才有一点点休息。

从一个医疗救援任务开始，胸痛、腹痛、头晕、呕吐、惊厥。也许就是小孩子的耳朵里钻进了一只蟑螂，我们用电筒和生理盐水把它引诱出来就好了。这些都不严重，但他们都要去格兰迪。一个接一个，直到检伤分类的护士诅咒和祈求我们别再送病人来了。大约 11 点半开始，酒鬼们开始打电话，也许是在他们身边的人打的电话。那些等待进入酒吧的人嘴也不闲着，于是就有人帮他们把嘴巴闭上。酒鬼开车玩儿漂移，用力过度，翻到了马路中间，像一个带着点火器的破布玩偶。我们到达现场的时候，他们已经爬了出来在四处张望，害怕但是没有伤到。一些酒鬼也许会朝我们撒尿，有些则根本没有注意到我们。一些喝醉的女人会很淫荡，诡异地笑着，伸手摸我的大腿。

我们处理完这些已经凌晨 1 点了，在最不可能的地方，我们有了一个休息的机会。匹兹堡附近那些人都带着刀，通常我们接到的砍伤任务比枪伤任务多，谢天谢地我们没有那么忙。于是我们下车，靠在救护车的引擎盖上聊着天。妓女们走来走去，有的会停下来和我们说话，通常是因为无聊，偶尔她们也会跟我们要一些纸片或是消毒水、多余的手套。天知道她们要手套干吗。

无家可归的人到处游荡，现在太晚了，乞讨不到钱，只有找寻毒品，但我们没有毒品。一群女孩子经过，她们大声说着话，大笑着，她们拍打了一下身上的编织物，因为把她们弄得痒痒，但又没办法挠，只好拍打它。偶尔有一些二十来岁的年轻人——住在这里的人都知道他们是年轻男孩——经过，如果他们想要看起来很凶，他们就沉下脸来，但如果他们想要表现得正常，他们就会点点头继续往前走。我们在鲨鱼出没的水域里已经待得够久了，本能地可以区分出捕食者和他的猎物。有那么一个家伙，走路缓慢，相当自信，对每个人都表现出近乎随意的漠视，没什么好证明的，他就是这样。住在这里的每个人都看见了，当他经过的时候，他们都悄无声息，就好像狮子轻微的扭动都能让鸟儿停止鸣叫一样。

之后，黑暗之中，我们的电话响了，调度员的声音急促地传来，我们立刻知道，枯燥的平静即将终止，有些麻烦的事情正等着我们。

确实，她一直就在那里。她整个一生就是为了这一刻的来临——仿佛是早已被注定好的。今晚，她终于走下马路，淹没在黑暗的大街上，或是把不断膨胀的动脉瘤捅破，或是在她丈夫擦枪的时候坐在他的对面幻想——她偷瞄了一下那长长的枪杆——看看他是否把子弹卸了下来。砰，这一刻来临了。

今晚对于她来说，是个惊喜。我们知道她就在那儿的某个地方，当我们把多余的手套分给那些妓女的时候，她已经进入生命的倒计时了。嘀嗒嘀嗒。那个不幸的电话，我们知道它就在某处，只是突然地，不再等待，而是向我们走来，像一头脱缰的公牛，跺着沉重的蹄子，牛角、肌肉肿胀着愤怒。

我们被派到营救现场，一辆凯迪拉克的凯雷德撞上一辆福特卡普里斯经典，卡普里斯被撞得很严重，滑出去了很远，有两个轮子脱落。两辆车上都是满员，我们到达现场的时候，他们已经都从车里出来了，焦虑地四处走着，呼喊着，有的甚至还在流血。有些人受伤了，有些没有。我们在人群里穿过，更多的救护车来到现场。消防车的警报声划破夜空。前排的乘客受到主要的冲击，她被压在车门下面，盆骨骨折，大腿完全没救，右肺被刺穿，碎成小块散落在骨头缝里。她不停地痉挛，消防员只好决定把门切开之后再实施营救。

消防员里没有一个是医护人员出身，他们拿了件外套扔到我的肩膀上，让我到车里去——他们认为最火热的地方——我开始给伤者输液，不断地给她注入阻止痉挛的苯二酚，但今晚根本不起作用。没完没了的，医院已经打电话来询查我们到底在干什么。

"是的，医生，我知道我们已经耽误了很久，但伤者还卡着。"

"你说的卡着是什么意思？"

于是我们只好等待，消防队在切割车门，伤者在痉挛，黄金时间——从受伤到手术，让病人能够存活下来的关键 60 分钟——正在一分一秒地流失。我真的在冒汗了，我把落在伤者身上的金属碎片扫掉。马蒂站在一旁，他的手机快被打爆了。之前的那个护士让人没法安静。"我知道你今晚在工作，但请你一下班就打电话给我。我喝醉了，我不知道我把内裤放哪儿了。"

门终于被切开，伤者总算可以挪动了。

我们离开的时候，一个警察过来问我对伤者病情的判断，但其实他已经知道我会说什么了。他拿着一罐喷漆在手里晃了晃，他把盖子打开，就算是在问我话的时候，也没有停止手里的动作。在我回答他"不太乐观"的时候，他已经转过去在给掉在地上的所有东西周围喷上白漆了——轮胎和碎片、鞋子、钱包、被弹出来的车座位，当它们还在路上，就可以隔离其他的路人。如果今晚她死了，警察就会带着调查小组再回到这里。他们会封锁路段，好好研究这些喷过漆的地方，重建现场，确定问题所在。

我们把伤者往医院送。救护车的后面尽是鲜血和玻璃、剪碎的衣服和用过的通风袋。尽管没有商家会把吸引器做成一个像装东西的罐子，但那里面现在装的全是血。格兰迪医院的医生一边检查伤者的腹腔以知道她内部流血的情况，一边听我的汇报。我告诉他出事车辆的情况，什么牌子的车，看起来被撞成什么样子，其他乘客怎么样，伤者坐在哪个位置，她有没有被压到。我告诉医生她不停地痉挛。医生把她的身体侧了过来，有人戴着手套把手指伸进她的肛门，检查她直肠的情况，手套抽出来时发出的声音证明直肠没有问题，也就是说脊椎没有出问题，总算是好消息。她被紧急推往手术室，她还活着，但能不能挺过去还不好说，有时候实际情况比看起来糟糕。

现在是凌晨 3 点。2 点到 4 点之间的这个时段，通常只会有两种情况，要么就是这个城市把我们从它的控制中释放出来，让我们可以躲到某个角落休息一会儿，要么则相反。今晚，它没有释放我们，它给了我们一些奇怪的事情去做。

通常凌晨 3 点之后做的事情，我都不太记得。极度的疲劳，以及没有街灯的无尽黑暗让我暂时失忆。整个出勤过程，从开始到结束，我都不记得。我的凌晨 3 点，没有出勤记忆。最近有人问我记不记得在一个黑人区运送过一个白人的事。"你记得"，那人说，"他卡在地毯上死了很久了，记得吗？"我根本不记得，不仅仅是他被卡在地毯上，就连警察来了，一屋子的人都说不认识这个人，也不知道他死了多久这些事，我统统都不记得。

今天早晨我们接到一个女人说自己背痛的出勤任务。我们开车过去，下车，敲门，她在房间里喊我们进去。我们走进卧室，发现她全身赤裸地躺在床上。她把床单扔到后面，光着的手臂、腿上和肚子上都是鸡皮疙瘩。马蒂吓到了，有些震惊和害臊，他红着脸看向别的地方。

我站在他的后面，拿着工具包。我从他身旁轻轻地绕过去，微笑着，以我的经验，你越是假装不盯着看，就越好像你想看。我们毕竟是专业人士。再说，如果她都不害臊的话，我为什么要害臊呢？裸着的人又不是我。

"发生什么事了？"我轻松地问道，就像是个普通的出勤一样。

"我扭伤背了。"她回答。

这个女人仍然四仰八叉地躺在床上。

那是早上 3 点半。

现在，我觉得有点害臊了。

"嗯……"

她笑了笑，"这样常见吗？"

"不，不常见，"我说，"另外，我没有用过，我也没见过，如果这是你要问的问题。"我清了清嗓子，"你介意我帮你盖上被子吗？"

"为什么？那样会有帮助吗？我是说，温度对我的扭伤？"

"不。"

"那么不用了。"她卷起脚指头，我盯着她的脚看，为的是避免直视她的胸部。

我见过成百上千的人因为病得太严重而顾不上自己裸露的身体，这个女人是我唯一见过在裸露中自得其乐的两个人之一。

"我们需要把你弄到担架上。你可以挪过来还是要我们把你抱上来？"

她摇着头，"我完全坐不起来，整个背都很疼。"

我们爬过去抓住她，现在我们三个人都在床上了——她赤裸着，我们戴着紫色的手套。床垫非常软，我们又极度疲惫，就像是水床一样，我们的体重又给床垫增加了巨大的压力。我们都陷到床垫里了。我们滑了下来，床垫仍然很晃动，就像是在外太空摔跤一样——我们笨拙而缓慢，无法阻止自己不再次跌倒在床上、在她身上、在彼此身上。如果不是那么尴尬和不合时宜，我早就笑出来了。

终于，她离开床，到了我们的担架上。她依然赤裸着，只是现在被盖上了一层被单，绑在担架上。

大约凌晨 4 点，是叫醒死人的时候。也许一个女人翻过身，发现她的丈夫全身冰凉僵硬，除了死亡，再没有别的比这还平静。也许格拉蒂丝阿姨半夜就起来了，直到 4 点半才有人听到她在浴室里的呻吟。这个时候出这样的勤是最艰难的，因为我们已经筋疲力尽，我们实在不想把两小时前就心梗，泡在尿里，全身湿透的格拉蒂丝阿姨从她的浴室把她弄出来。

对讲机上的任何一下闪动都会让我的心扑通扑通直跳。求主别再有电话进来，就快到下班时间了。

时间过得是那么慢，时钟仿佛不只是一个物体，而是一个残忍的可计算的食人工具——时针一动不动，分针又那么折磨人。

当班的最后这 40 分钟就像是经历酷刑一般。我们盯着窗外。太阳还没有升起，但快了——亮光就是信号，长夜过后的一丝轻快。最后，终于，感谢主，调度员从对讲机里告诉我们可以下班了。

我们挂了挡飞快地在路上驰骋。我们太累了，精疲力竭，但我们可以回家了。

我们到达加油站的时候，天空有些泛白，不再是黑色，东方出现一条细细的天际线。车窗摇下来，新鲜空气一拥而入，这个城市突然变得没有那么冷冰冰了。

回到格兰迪医院，我们重新补充器材，擦拭救护车，拔出钥匙。我们和白班的伙伴聊天，告诉他们我们所做的，告诉他们不要出现什么问题——别像我们那样，那么倒霉——直到他们开始打卡接手白天的工作。他们是白班，业务能力相对弱一些——当然，他们也是我们的一员。注意安全，伙计们，注意安全。

几分钟之后，我穿过医院，无家可归的流浪汉也才刚刚睡醒。坐进车里，我行驶在回家的路上，终于可以说出这句话——真安静啊。

回到家我脱衣服洗澡，萨布瑞娜还没有睡醒。我钻进被子，唯一想做的事就是睡觉，真的，美美地睡上一觉。没有救护车，没有对讲机，没有快死的人。

　　连床都还没有感受到我的温度时，我已经陷入昏迷之中。

29
一个愚蠢问题的冗长答案

店员一脸恐惧，确实，毕竟他只是个普通的店员，而我，T恤上沾满了血迹，眼睛又因为没有睡觉而充满血丝，就这么站在他的面前。血迹是冈比的，刚好在腹部的位置，就好像是谁故意抹上去的。这是我和马蒂今早接到的任务，一辆小型的丰田车和一辆笨重的卡车相撞，结果可想而知了。丰田车被拦腰撞断，驾驶员这边的门凹进去了约有 90 厘米，撞击力之强以至于油箱盖都挤掉了。那盖子——被泼洒出来的汽油弄成乌黑一块——是我到达现场看到的第一件东西。之后就是冈比，他趴在驾驶台上，全身骨折，满身是血，整个身体已经不像正常人类了，但奇迹是，他居然还活着。他的脸已经发紫并且肿胀。我看不出他的年纪，但他梳着一个像冈比一样的平头，所以我们把他叫作冈比。

每天不断重复，拯救仿佛没完没了，一分钟接一分钟，一小时接一小时——我真的不记得了。最终，在我们不经意之间，他从车里被解救出来，被放到我们救护车的后面。去医院的路上，我们一直在对他进行抢救——疏通气管，输氧，大量的静脉注射——我完全没有注意到他那茂密又摇摇欲坠的头发碰到了我。在救护车上或是医院里，甚至是打下班卡的时候我都没有注意到我 T 恤上的血迹。谁会没事看看自己的腹部？然而现在，在这个五金店里，我想要买一个新的活塞，店员的反应才引起了我的注意。

"我希望那不是真的血。"他指着我的腹部低语道。

"至少那不是我的血……"我就是这么回答的。

我把信用卡拿了出来，但他似乎并没有反应，不想，也不愿完成我们的交易。调查问话还在继续。

"他还活着吗？"

"我离开的时候还活着。"

"发生了什么事？"

我还没来得及回答，"我敢打赌你一定见过很恐怖的事情。"

"好吧，我猜你应该也看到过，我的意思是，至少你见过我。"

但他似乎没有兴趣开玩笑。

"你见过最糟糕的情况是什么？"

又是这个见鬼的问题。

我身后已经排起了长队，那些通常痛恨被其他人耽误的人们也忘记了自己手上要购买的东西，都盯着我，身体向前倾地等待着我的回答。肩膀上的袖标说明了我来自格兰迪，T 恤上的血迹说是的，你们所听说的那些传闻，都是真的。其实并不完全是这样，格兰迪是一个难以置信的地方，但那里只是——一个地方——作为医护人员工作的地方，挣钱养家的地方。挣的钱就可以买东西，譬如活塞。除了没办法买到的时候，就像现在。

他期待着，希望所有那些花在训练、设备上以及我身上的钱最终能成为他晚上见到朋友时的谈资。谁知道呢，也许他会保密一段时间，在和其他人聊天时，用它来论证他的观点，启发别人，让他们感到兴奋和刺激，照这样看来，零售商店还真是心理分析的前沿阵地。排在我身后的人，他们也等待着好听的故事，为什么不呢。他们在周二的早晨出门买活塞，没有比这更有趣的事了。

这个问题并不会冒犯我，而我的一些同事，如果你们问了他们同样的问题，他们可能会打你，另外一些可能直接不理睬你，有些会动静很大地向你解释，这样的问题不仅不礼貌，而且相当地具有侵犯性。就我而言，我不是那么介意。尽管坦白说，这是个很奇怪的问题——我的意思是，你真的愿意听到某个孩子出生时就患有胎儿酒精综合征，每天被继父用烟头烫的故事吗？我不愿意。世间就是有那么多残忍的浑蛋存在，为什么我们不能就让他们那样存在着，别去打听了呢？

但我们不能，人们打听，我猜是因为他们没有理由好好地思考过问题本身，所以直到他们听到答案的时候，才意识到他们叩开了一道如此奇特的门。他们其中的一些，在我还没有真正开始叙述的时候，就已经开始感到不适，让我别再继续了；其他的人则会失去兴趣而开始转换话题，在我还没说完的时候打断我，问些其他的问题；很小的一部分人会悄无声息地走开。最后剩下来的人就是属于看了太多电视剧的，还期待着更多的故事——留在微波炉里被煮得半熟的婴儿——他们就像路人一样。有时候他们会插入自己的恐怖故事，紧接着——总是——这样，我敢打赌你从来没见过这样的。当我说那个浑蛋不仅是野蛮更是人渣？不，我见过更多这样的人。

　　所以就这样，我回答这个问题，只是用我自己的方式。眼前这个人，我根本不认识，意外地闯入我的世界，所以他们只能得到我想要告诉他们的，那些并不是我见过最糟的情况。我已经经历了那些乌烟瘴气的事情，我不想再复述一遍。我想说的就是我想聊的事，我觉得有趣或是好玩的事，我离开之后，会猜测这世界到底还有多少疯子。数百万计，很显然。谁知道呢，也许我们都疯了。

　　这些年来，我几次更换了这些故事，但唯一不变的是故事都很长。你想知道某些事情的时候，你必须用心去感受，把自己沉浸在其中。那就意味着细节，意味着要花时间倾听，让整件事真的感染你。今天，对于这个店员来说，他应该是想要听这个查尔斯的故事了。

　　查尔斯轻松地坐在我的对面，仿佛我们是在酒吧一样，他的右腿搭在左腿上，手舒服地搭在椅子的扶手上。他的脸上有血喷洒上去的痕迹，那是他割断他妻子颈静脉时留下的。但不是那些血让我紧张，或是他行凶刚刚结束，受害者的身体还是温热的，也不是他脸上怪异的平静。不，触动我的是他的眼睛。查尔斯有一双穿透人心的眼睛，可以刺穿皮肤的那种。那种眼睛，也许，在残忍杀害你的时候连眨都不会眨一下。是那种深邃的蓝色——这是白人的显著特征，在浅黑色皮肤的人身上确实很令人着迷。他就那样盯着我。

　　我们在亚特兰大狭小的四层楼杀人犯监狱里。审讯室里，除了破败的四面石膏墙，还有一张小桌子和几把有扶手的椅子。他戴着手铐，穿着橙色的囚服。他自己的衣服——那些被他妻子鲜血浸湿的衣服——被塞进购物纸袋里，放在他的脚下。

过了一会儿，他笑了，"所有的天使都被杀了，"他说，"你知道吗？"

我在那里的原因——杀人犯监狱办公室打电话来说有人刚刚捅死了自己的妻子——就是因为一个你简直想象不到的细节。我开始相信现实比虚构更奇特完全是因为那些细节，那些我们理性和理智的思维难以想象的小事。比如，把人捅死是件艰难的事情。无论你有多么强壮或是多么愤怒，甚至你已经疯了，依然需要花很大的力气才能把刀戳进其他人的身体。就算戳了进去，当遇到坚硬物体的时候，刀也很难再深入进去，比如戳到肋骨或是锁骨。

查尔斯疯狂地捅了他的妻子四十多下，在两三下之后，那些血，就是那些喷在他脸上的，把他衣服浸湿的血开始狂流，这使得他在碰到骨头的时候，刀也会很顺利地进入她的身体，刀变得很滑。他仍然继续捅她。他自己的手指也被深深地割破了。因此我现在是和一个刚刚屠杀了自己的妻子、满手是包扎带、满脸溅满血的人待在一起。

"你需要我重新帮你包扎一下手指吗？"

查尔斯几乎看都没看他受伤的手指，"这些天使，"他说，"他们都有着蓝色的眼睛。"

我把包扎带准备好，从查尔斯对面拿了把椅子。

"蓝眼睛吗？"

他点点头，"是的，约翰·肯尼迪，1963 年 11 月 22 日，罗伯特·肯尼迪，1968 年 6 月 5 日，威廉·麦金来，1901 年 9 月 6 日，亚伯拉罕·林肯，1865 年 4 月 15 日，约翰·列侬，1980 年 12 月 8 日。"他低头看了一眼他的手，"耶稣基督。"

"我不认为基督是蓝眼睛。"

他冲我笑了笑，随即脸色变得严肃起来。"她总是喜欢看着我，盯着，"他说，"我的眼睛。"

"谁？"

"受害者。"他嘟囔着，一种奇怪的表情出现在他脸上。那是他第一次把他的妻子称为受害者，这让他有所触动。那种表情不是懊悔或是仇恨，而是惊讶。就好像是让她获得这样一个称呼他已经等待了许多年，终于，她做到了。

"你现在可以包扎我的手了。"

不是每一天你都有机会站在一个斜靠在椅子上，因为屠杀自己妻子而满手是伤的杀人犯面前为他包扎伤口的。在走过桌子拿纱布的时候，我的手有些颤抖。他盯着我的脸，我尽力不和他有眼神交流。在我包扎他的双手时，上面还敷满了他自己的血，他妻子的血，那种腥味儿充斥着整个房间，我唯一能想到的就是，我就是下一个，他会抓住我，他会想到肯尼迪兄弟，林肯和约翰·列侬。他会想到耶稣，然后把我勒死。

我在想警察多久才会听到我在审讯室里的呼救，在想查尔斯需要多久把我弄死，在想为什么警察把我一个人留在这儿那么长时间。也许警察和我想到了一起，因为我刚刚包扎完，一个警探就走了进来。查尔斯抬头看了看，点点头，然后说："我认识你。"

确实，查尔斯漫不经心地玩弄着包扎带，他告诉警察他是从电视上认出他的，他记得他的名字。警察吓到了，看了我一眼，又转过去看了看查尔斯。原来，查尔斯把这个警探误认成他的父亲，警探的父亲之前也是一名警察。查尔斯刚好在电视上看到过他——那是上世纪 80 年代早期，他父亲是 APD 的新闻发言人，当时亚特兰大儿童谋杀案正是全国有名的新闻。他很早之前就退休了，而他的儿子，那时只有十多岁，已经长大，现在已经成为谋杀案的侦探站在我们面前。查尔斯从新闻镜头里认出他的父亲，完全没有意识到时间已经过去了二十多年。

查尔斯会记住我吗？当查尔斯有一天衰老了，被认为对社会不再有危害而被释放后，我的孩子会不会遇到他？我的孩子会不会因为不知道他真实的情况和他的危险性，无意间盯住他蓝色的眼睛而重新激活他长期休眠的杀人欲望？

也许不会。也许查尔斯会老死在监狱里，我们任何一个人都不会再见到他。

当然，也许相反。

"总而言之，这个活塞是多少钱？"

店员吸了吸鼻子，回到现实。他按了几个按键，价格出现在显示屏上。他刷了我的美国运通卡，我拿了活塞朝门口走去。离开的时候，我听到队伍里的一个女士说："这些人干的活儿真不简单啊。"

店员已经完全回过神来了，他说："这不算什么，有一次……"

30

信仰的救赎者

我成为医护人员已经有一年了。医护人员考试之前那天和克里斯的谈话——他说我不会伤害病人的对话——仿佛已经是很久以前了。我不再是没有经过考验的新手，当然也不再害怕。我已经完成足够多的任务，我可以轻易地分辨出那些自认为快死了和真正濒临死亡的差别。更重要的是，我都可以一一处理好。还有马蒂，一路走来，我们俩已经被这个圈子所接受，我们不再是没有名字的面孔而已。我们是格兰迪的医护人员。现在——正当我们稍微可以放松呼吸，沉浸在我们已拥有的知识之中时，事实上，伤害病人——我们正在这么做。

电话打来的时候，是说一个 36 岁的人胸痛。我们进屋的时候还很淡定，几乎有些满不在乎，然后发现一个男人坐在椅子上冒着大汗。他呼吸困难，犯恶心，眩晕以及十分虚弱，根据他强烈的预感，一些不好的恐怖的事即将发生。这个时刻，他是这个星球上脸色最苍白的黑人了。看起来不太好，我问他做了什么，喘息的间隙他回答说："吸了可卡因。"

"多少？"

"100 美金。"

我不太清楚 100 美金到底可以买多少可卡因，但是如果一包可卡因只是几美金的话，那么 100 美金的确是可以买很多了。因为他还年轻，通常我们不太会猜测他是心梗，但吸食了可卡因的话就不好说了。我问他痛点在哪里，他说开始是在背上，后来渐渐地侵蚀到他的胸部，现在这种疼痛感简直要把他的胃给吃了。想象一下《异形》，想象一下人将死的时候。

"你必须跟我们走。"

"哦，我不去医院，"他说，接着，他做了个深呼吸，他问，"难道你们现在不能做点什么吗？"

我们继续说服他，告诉他现在他心梗了，我们什么也做不了，他必须去医院，如果继续待在这里他会死的。我们劝说他的时候，他父亲就坐在沙发上，对于整个事情完全无动于衷。争吵还在继续——病人不愿去医院，我们不能离开，他父亲一点忙也帮不上——直到最后病人自己妥协了。

"好吧，我去，"他说，"但不是在这个上面。"他用手挥向我们的担架，"我是名军人，我可以自己走。"

他父亲笑了，马蒂也笑了。

"伙计，如果你想走，你就走吧，我无所谓。"

我们给他服用了一些阿司匹林，然后陪他一起走了出去。我们彼此聊着天，偶尔也和病人聊几句。为什么不呢？我们感觉太棒了——我们完成了工作，说服一个固执的人寻求帮助。显然我们没有给予足够的重视，我们快走到救护车那里的时候，病人开始喘粗气，脸色比之前看起来还要难看。我们不应该让他自己走出来。在我们的协助下，他爬上了救护车，一头栽倒在担架上，死了。我看着他，发现他——肌肉紧张，发出咕咕的声音，接着就松弛了下来。马蒂背对着他，但他也听到了声响。他站在病人的上方，低头看了看，又看向我，"他死了？"

"我想是的。"

"哦。"

"也许我们不该让他自己走出来。"

"哦。"

我们目瞪口呆地盯着他，没办法接受生命就这样消逝。终于，一个念头在我们之间传递，模糊又很缓慢，像在我们两个脑袋之间用一根线穿起的低保真度的心灵感应——我们必须得做点什么。马蒂把他的头放平在担架上，我撕开病人的 T 恤。马蒂把心电监控屏打开，把电击板压到病人的胸上，在他按下电击开关的那一刻我赶紧跳开，以免被电击到。嘭！我们扭头看向监控屏，等待着，看电击是否有效，看这人能不能恢复心跳，看他到底是永久死亡还是暂时死亡。终于，谢天谢地，我们看见了——波动性很小，但心跳恢复了。我抓过他的手腕，那里也有了脉搏，血压恢复。

我们现在应该感受到的是松了一口气。有些事情是很清晰的，任何一个像我们这个病人可以和我们愉快地一起走出来的病人是不应该让他们这么走出来的。一旦我们确定他可以走，我们应该再多花一点的时间，不让他得寸进尺。但这个时候，对于我们来说，都是马后炮了。至少是完全没有过脑子。我不记得陪谁走过，我只记得一个死亡的男人，之后被迅速地专业地抢救了回来。我感到很骄傲。我们都露出了笑容。我问马蒂要不要叫消防队来，在运送病人的过程中可以多点人帮忙，但他摇了摇头。"去他妈的消防队，"马蒂说，"我们救过他一次，我们就能救他第二次。走吧！"

当我从救护车后厢钻出去的时候，他父亲正焦虑地等在那里。我告诉他他儿子差点死了但现在又活了。我们把他从死亡边缘拉了回来。他点点头。

"哦，好的，听着，他口袋里有香烟，"那男人一边说着一边通过救护车车门向里面张望，"你可以帮我拿一下吗？"

"先生，你儿子刚刚差点儿死掉。我们救了他，但他有可能会再次死掉，我们赶时间，必须尽快赶到医院。"

"但香烟就在他外套的口袋里。"

我们的所作所为换回的应该是让他感到松了口气或是感激，我不会过分地说我期待的是夸奖的话，但是，天啊，也许我是期待的。相反，我得到的却是一个只想到找香烟的人。我关上车门开车离开。

我们到达急症室的时候，病人可以说话了。他看起来有些惊讶，因为吸食可卡因他的眼睛有些狂野，而且刚刚经历了死亡。他要求离开，但没有医生会听他的。当他们把他推出急症室送往实验室的时候，心脏病专家告诉他要感谢我们。

"这些家伙救了你的命。"她说。

那家伙看着我们然后问我们有没有看到他的香烟，"我爸爸没把它们拿走，是吧？"

所以，是的，我们杀了人，但是，经过努力，我们把他救回来了。这是我的第一次。直到这一刻之前，我只遇到过在我发现他时已经死亡的，或者在我面前死亡，无论我如何努力，仍然没有救回来的情形。这是马蒂的第二次。第一次是他去救助一个跑步时倒下的人，那人就这么倒下死了。马蒂，当时还没有任何经验，挽救了他。那是他的第一次尝试。我现在意识到，当他说他什么也不懂，当他说如果我指出他的错误他一点儿也不会感到生气时，他是认真的。因为尽管他没有多少经验，他知道，毕竟，他是出色的。他做这份工作的第一件事就是挽救了生命。现在，我自己也做到了，我终于知道这是种什么样的感觉。

消息很快就传播开来，到我们下班的时候，人们都还在谈论它。那些更有经验的，也经历过同样事情的人们——全新、愚蠢、战无不胜——他们告诉我们要从容面对。是的，你救了某人的命，那很棒，他们说，但要保持清醒，不要让它们冲昏你的头脑。

我们点点头，说我们再也不会做这样的事了，但是去他妈的，我们，真的，很棒。经历了如此之多的事后批评和自我怀疑后，我们开始意识到自己可以施展多大的力量——这令人陶醉。当命悬一线的时刻，只有我们，做出决定，扣动扳机，控制事态，没有必要向谁汇报。马蒂对这份工作一直有些犹豫，有时我也会这样，但还有比这更炫酷的工作吗？其他还有这个力量的人就是医生了，但是成为一名医生就意味着要被困在医院里，被行政人员、空调维修工、礼物店里的泰迪熊包围着。我们徘徊在大街上，被野狗和乐于伤害我们的人包围着。我们是枪手。

所以，尽管我们应该要听那些曾经在这里，或是现在在这里的人说话，但我们没有。我们以我们想要的方式完成任务——阻碍这个世界和另一个世界的障碍是我们。赶走所有的怀疑，今晚，以及从今晚之后的每一个晚上，生命能不能被拯救，是依据我们有多优秀决定的。我们还年轻、莽撞，但我们充满自信，我们还要高兴地告诉你主没有死，他就在这里，就在救护车的后厢里和我们一起出勤。

31
自大狂的我们

我们被包围着，被那些医生、消防员和警察们。在医院里不仅不受待见，还完全被忽视。在外面，我们没有枪、没有地位，只能靠自己。紧急医疗救援——拖出救护车的后部——总是在失败的时候出现。但我们不是，不再会是这样了。

马蒂和我独自完成挽救生命的任务之后就发誓，从那天起，任何不在救护车上的人，不是我们这个两人部队的，都是外人。他们不明白我们在做什么，不按照我们的频率操作。我们和全世界作对，到目前为止我们可以说我们是对的，外人别来指导我们。

我们的反抗立即开始，没有步骤，一下子就这么开始了。这有些奇怪，但跟照顾病人完全没关系，和医生有一点点关系。这些在食物链顶端的人总是行使他们的特权，对在他们之下的人有着轻微的蔑视。这其中有很多的原因，其中最重要的应该是，大多数医生一开始都是些书呆子，他们被嘲笑和捉弄，也许在医院之外，他们仍然是这样。每个人在某些时刻都会经历这些——成为一个怪异的人——但有些人一直不能克服被轻视这件事。也许他们一直藏在心里，让它腐烂，直到有一天，多年之后，他们成了医生。当然，在他们之前，有许多的人不能藏在心里，就演变成书呆子的突然复仇。

我们和少数医生相处得不错，但总的来说这个群体是很没礼貌和不屑一顾的，相当地傲慢。我们决定从现在起直接忽略他们，有一大堆的药和程序必须等我们打电话回医院和医生讨论之后才能被批准使用。我们不想再这么做，我们只需要证明自己知道在做什么以及一旦有人问及我们为什么不取得批准，我们就直接让他看结果，我们所做的判断是对的——难道不是吗？只要病人活了，只要我们救了他，其他人还能多说什么呢？当结果是生命被挽救了，还有什么好争执的呢？

这就是我们如何对待医生，但我们大部分精力是放在更有压迫感、更有正义感的事情上。比如说惹恼消防队。

尽管我们一同工作——同样的任务、同一个求助电话、同一个病人——不知道为什么医护人员和消防员就是不能好好相处。消防员认为我们毫无条理、混乱、无纪律、懒惰、没有精神，而我们认为他们又蠢又笨，就是机器上的野蛮人，完全不懂得关心病人。在我们的概念里，他们最合适不过的工作就是从救护车里运输各种仪器。当然，确实也有很多不错的消防员——那些和我合作多年的，一旦他们出现，我就知道事情变得轻松许多的消防员。但是也有一些离开说明书就不会冲马桶的人。作为普通人，我们可以相处，但是作为同穿制服的协作部门，我们通常不能接受。然而，我们必须一起工作，我们彼此需要。我们两部分组成了一个奇怪的整体，就像是巴以矛盾的缩小版。没有解脱的方式——没有办法让我们摆脱出来做个深呼吸——所以那就是个溃烂点，一切就好像是在食物大战、枪战。

马蒂和我不是仅有这个感觉的人。每一个格兰迪的医护人员都有消防员把急救搞砸的故事或是直接在现场争执起来，而马蒂和我的怒火被点燃是在游泳池那儿。我们被派去处理溺水的任务，我们到达现场的时候，在公共游泳池边发现一个七岁的男孩，浑身湿透，脸色苍白，没有呼吸。消防队紧跟着我们到达现场，他们绝对看到我们跪在地上对孩子进行施救。或许也没有，难以想象他们怎么能看到我们之后，知道发生了什么事，然后就这样走开。这就是他们的所作所为。他们的队长抱怨这根本不该由他们管，于是转身离开了，丢下我跟马蒂和这个男孩在一起。我们把他扶起来，抬到救护车上之后开始对他供氧，按压三次之后，男孩突然坐了起来开始抽搐，接着把一肚子的水都吐到了马蒂的身上。我们站在那里，有些惊讶——被咬碎的热狗碎块流淌在救护车里的地板上——男孩喘着粗气看了看四周，也和我们一样有些惊讶。

尽管我们救了他，但我们被抛弃了。我们尽最大的努力去申诉，但消防队毕竟比急救中心更有能力和权威，他们的长官随便恐吓了一下我们的主管，他们就服软了。于是我们开始了低级别的复仇战。如果是到商场出勤的任务，我们会特地告诉商场广播，让他们通知出勤的消防队从北门进入——而我们已经在南门对病人进行抢救了。当他们最终到达的时候，并且是气喘吁吁踮着脚走完几里路才到达时，我们只好惊讶地耸耸肩。然后是德国泡菜的故事。我们有一周每天都买这玩意儿，然后把它带到同一个消防队去，用微波炉把它加热到糊掉。两三天之后，当我们进门的时候有人问我们到底在煮什么东西。"一些格兰迪的员工跑来我们这里煮一些德国酸菜，"他们的队长说，"你们不会也有一样的东西吧？"我们摇了摇头，然后直奔厨房，马蒂飞快地把德国酸菜扔进微波炉，然后把烹调时间设定为 30 分钟。

事情发生了变化，我们升级到了新的层级，要恶搞他们。我们要把对他们的蔑视上升到最高水平。一天下午，我们被派到消防队总部去处理一个调度员呼吸困难的问题。我们到达的时候，已经有一堆的消防员围在病人身边。他们给她吸氧以及沙丁醇胺吸入剂，还准备给她注射类固醇——这些都是哮喘病发作的常规手段。而事实并不是这样，我们一进入房间，我们就意识到病人的呼吸很重，而氧气、沙丁醇胺，更别说突然介入的类固醇，只会让情况变得更加糟糕。我们挤了进去，把氧气拔掉，把面罩扯开，还把已经捆在她手臂上的压血带扯掉，阻止有人对她进行注射。

消防员们都吓到了，非常生气。我们只顾低头操作。呼吸过重通常普遍是心理原因造成的。有时候病人因为太生气——她的丈夫、男朋友、老板——让她失去理智。她的呼吸会越来越快，直到她感到头晕、视力开始模糊，双手抽筋僵硬。她现在没办法减轻呼吸，如果她越想尝试，情形只会变得越来越糟，直到她昏厥过去。除非有人能够让她冷静下来，这就是我们可以做的。我们轻声慢语地对她说话，温柔得旁人几乎听不到。马蒂让那些消防员往后退，我则指导着病人慢慢地用鼻子吸气，用嘴巴呼气。"就是这样，慢慢地，你做得很好。"

终于她冷静了下来，告诉我们她刚刚和女儿大吵了一架——18岁不经世事的女孩——让她失去理智。她现在好多了，冷静和安静了下来，我们正准备离开的时候，他们的队长走了过来。他是个块头很大的人，有着浓密的头发和胡子，他要求我们把病人送到医院。这个人执掌着整个消防队，有30年的工作经验，几千人在他的领导之下，他已经习惯了别人的服从。而现在，两个来自格兰迪的医护人员，在他的总部，救治了他的一个员工，正直视着他的眼睛说"不"。

这家伙要爆了，愤怒地狂吼着，指着我们，威胁我们，打电话。而我们根本不在乎，我们又不是消防员，也不是公务员。我们为格兰迪工作，我们只对病人负责，而我们的病人现在很好，也不愿意去医院。我们走出大门的时候还能听到队长在大吼大叫，就算是我们跳上救护车开走了，也没有感觉到我们出了一个妙招或是赢得一场胜利。就是一个普通的出勤任务，圆满完成了的任务，一个普通病人。我们就是这样认为的，当然，其实不完全是这样。到以后我们才明白。

与此同时，我们继续推进我们的战斗，和警察杠上。警察认为他们代表着这个国家，除了市长，他们不用对其他任何人负责，虽然有时候他们也会连市长都置之不理。很多警察是根据自己的想象干活，而我们就是去替他们擦屁股的。他们总是认为他们抓到的那些人只是一些令人讨厌的人，并不是罪犯，这就成了他们打电话叫救护车，把问题扔给格兰迪最完美的理由。睡在街上的流浪汉？打给格兰迪。精神病人出现在华夫饼店了？打给格兰迪。大块头的，有暴力倾向的家伙在富乐顿大街上脱光了朝过往车辆尖叫？打给格兰迪。当他们真的要把谁抓进监狱，等他们朝他喷了胡椒水或是戏弄了他或是被铐上手铐之后，情况变得——真的，真的很艰难了——他们就会想让我们站出来证明这人是健康的，可以被送进监狱。这些都是小的烦心事，但它们每天都在发生，都在累积。尤其是我们还要无数次地被叫去处理那些警察受的小伤。

警察被栅栏刮到了？打给格兰迪。警察因为小型交通事故造成膝盖瘀青了？打给格兰迪。警察自己被胡椒水误伤了？打给格兰迪。一天下午，一个警察射杀了一只咬到他的狗，我们到现场的时候简直吓了一跳，那里已经有六七个警察、一架警用直升机以及一个新闻报道员。我们护送警察回到格兰迪——他们把我们要经过的所有道路都封闭了——我们还见到了创伤科的老大。这全都因为一个警察被狗咬了，况且咬得还不是那么厉害。

不能再这样了。我们虽然不能阻止他们打电话给我们，但我们再也不打给他们。任何事都不再打电话。无论发生什么事，我们都能处理。枪击、捅人、打架？我们都去，踹开门，和暴力分子角力，让疯狂的头脑冷静下来。我们无所不能。

几个月来，马蒂和我都是这么做的，一切都很好，直到有一天，我们被派到博文小区，那里有一名妇女被她的男朋友暴打。在满是小区的城市里，博文小区算是最糟糕的了。一栋连着一栋的两层楼建筑，就像是从泥土里冒出来的砖头蘑菇。成千上万的人挤在一起，好人、坏人，还有暴力倾向的人。那里有他们自己的图书馆、小诊所和学校。仿佛没人睡觉、没人离开似的。到处都是人——夜里也如此——买卖毒品，吸食毒品。有些只是想尝试一下，而有些则是为了逃避现实。这里总是充满噪声和混乱，一些低级的暴乱，这里总是有从上百个闷烧架上传来的烟味。

马蒂和我把车开到小区后部的一条死路上。这个小区就像是蜂巢一样——过度拥挤、人和人紧挨着——所以没什么隐私。人们一旦发现什么事，立刻就会传播开来。当我们进去的时候，人们就向我们挥手指路了。调度员警告过我们说这里不安全，但这并不会阻止我们。我们到达、下车、走进去，最后找到了那个被打晕的妇女。我们花了几分钟的时间查看她的伤情，然后把她放到担架上离开。当我们打开门的那一刻，简直要命了，至少有上百人跟着我们过来，把整个房间挤得满满当当，就是为了来看一眼。女孩全家人都在这儿，但是那个打人的家伙不见了，所以当他们看到她——昏迷着、满身是血、瘫软着、快死了的样子——他们没有撒气的对象，除了我们。

突然，人群开始朝里推挤，越来越多人赶来，他们尖叫着、呐喊着、推挤着救护车和担架。马蒂通过对讲机求救，但我们不知道在这么大的噪声下，调度员能不能听到我们的求救。这些暴民吼得实在太大声了——叫喊着让我们动作快点，做点什么，告诉他们些秘密。他们狂躁且暴力，我们被包围了。

就在这时，不知道从哪里来了救星，三个富尔顿镇的警察——正在这个区域巡逻，听到我们的求助电话——开着他们的警车穿过草地迅速赶来了，警灯警报都开着。他们跳下车，拔出警棍和枪。他们大吼着让人群退后，给我们让路。他们照做了，人群顿时安静了下来，并且让出了道路。我们把病人安顿好，然后把车开了出来。我们安全了，尽管我们感觉不太好，但我们安全了。因为有人来把我们从因为自傲而陷入的困境中解救出来。

这就是打破魔咒的东西。我们的傲慢和蔑视，我们的狂妄自大让自己陷入窘境，还好有人来救了我们。这是我们登上救护车以来最害怕的一天，也终止了我们当救世主的信念。我们被带回到地面，两个天真地以为靠自己就能救病人的医护人员又回到了真实的世界里。不幸的是，我们的觉醒还是不够及时。

那个消防队队长——我们不理睬、不尊重以至于让他极度恼怒——打电话给我们的主管大吵大闹。他说我们相当不听话和随性，他希望主管能采取些措施。说我们随性的评价很快就被驳回。从任何角度来说，我们当时所做的决定都是正确的。然而，消防队队长是有权威的人，他受伤的自尊必须得到修复。

我们被告知要向他道歉，因为马蒂是直接和那个队长对话的人，他的名字赫然在那个投诉的文件上，道歉的任务落到了他一个人的肩膀上。他不想那么做，他很生气，在为我们这个案子辩护的时候提高了声音，大叫着就像是我们在游泳池旁边救助的小男孩一样，然而无济于事，根本没人会听。最后，他还是手写了一封道歉信，亲自开着车送到消防队总部去。他孤零零地站在那里，踩在地毯上，告诉消防队队长他错了，错在没有服从命令。忘掉我们所做的是正确的，尽管队长自己的消防员错误地对病人实施抢救；忘掉我们一路赶来拯救了那一天，我们坚持自己的立场就是错误的。

对不起。

32

到达之死

马蒂要离开了，他说一部分是因为消防队队长，那违背了他的感受，但总的来说还是因为这份工作本身。他说急救工作不适合他，是时候离开了。他说："我要走了。"

轮班才刚刚开始，太阳刚出来。我们正在亚特兰大的东南部，这里距离特纳赛场只有几公里，几个月前我们在那里观看了勇士队赢得区域比赛的胜利，又是一个 9 月。我们正前往亚特兰大东南一个被废弃的学校。一个警察说在那里发现了一个东西，但他不是太确定——有时候眼睛是会骗人的。此时此刻，我不是特别在乎那个（也许）已经死在废弃学校里的人，此时此刻，我只能想到我最好的朋友——那个和我一起出勤，一起流汗流血，一起宿醉的家伙——就要离开了。我又将变得孤单。

我问马蒂想好了吗。"因为一旦你决定离开，"我跟他说，"一切就都结束了。"

"我知道。"

那个肥胖的警察蹒跚着过来，马蒂摇下车窗。警察说他正开车经过，一个瘾君子挥手让他停下，说好像有人在里面。

"一具尸体？"

警察耸耸肩，他的车停在路边，那不是巡逻车而是交警用的车。"我只管开罚单，"他说，"我不负责找尸体。"

"在哪儿？"

警察把拇指钩在自己的肩膀上。"我猜在学校里，我会跟着你们的。"

人们总是聊到希望自己在几岁的时候怎样死去，但从来没有想过在哪里死去。我只希望自己能够平静地没有痛苦地死去，还要快速一点。但即便是这样，我希望死在任何一个地方都不要死在亚特兰大东南部被遗弃的建筑物里。在这里死去实在是太没有尊严了，会被遗忘。当我们嘎吱嘎吱踩在枯草、野草和垃圾上时，我问马蒂接下来想做什么，"我的意思是你辞职之后。"

他耸了耸肩，"不知道，这份工作给了我很多历练了，不是吗？"

但是什么呢？我们就是做这些，不停地重复。出勤处理一个不是近期死亡但是正儿八经死亡的人。死亡和离去，死亡、死亡、死亡。我们已经对这样的日常有了条件反射，形成体系了。我们其中一个会走到死者家人的面前，双手握起来然后说很抱歉，他去世了。有没有其他我们可以联系的人？我们轮流和家人交流，但最终我们要把注意力放在尸体上。我们搜索房间寻找答案，从各种口袋里面翻找身份证、药品，寻找之前到底发生了什么的蛛丝马迹，以便推测他到底在这里待了多久及其原因。

总有一天，我们自己也会面对同样的境况。

学校满是学生的日子已经一去不复返了，这里的电源已经被拉断，窗子也被板子钉了起来，但铁丝网围栏已经被那些瘾君子、精神病人还有无聊的青少年弄断了。也许还有奇怪的妓女的功劳。"好吧，那一定很糟糕。"当我们穿过铁丝围栏进去的时候，马蒂这么说道，从一条杂草丛生的小道上，我们穿过操场。"抓住那个，"他说，"我改变想法了。"我期待着他说他不离开了，这种奇妙的生活太好了，不应该离开。相反，他说："至少他可以独自一人，这是个好处。"

通常我们都是在房子里找到他们，我们通常找到的尸体——已经僵硬和浮肿了——被夹在马桶和浴缸之间。就算他们是在卧室或是厨房，浴室的灯一定都是亮着的，药柜也是敞开并且被翻乱了的。垂死的人往往会有预感，如果他们可以的话，他们会去洗手间。当他们再也出不来的时候，会有人来敲门，一直敲到警报变成怀疑，最后变成 911 报警电话。

当进入校舍的时候，我们就被黑暗吞没了，我把手电筒打开，居然惊讶于它的微弱。这一束光是我们的生命线，我们要用它找到尸体，最终，还要靠它带我们走出来。黑暗中有其他的东西在移动，我晃动了一下灯光。希望那只是只老鼠，很显然，这里并不止我们几个。

我们缓慢地从大礼堂里走过，跨过掉下的天花板和成堆的粪便，那里就像一个痢疾的雷区。随着我们往里走得越深，情况就变得越糟。我们现在到了走廊，如夜色般漆黑，惊人的狭窄。石膏天花板垂落着，水管损坏了，长长的一条垂下来就像飞着的纸片一样。还有墙壁，也是石膏的，往前倾倒着，像是已经没有形状的手臂在我们跌跌撞撞往前走的时候要伸手出来抓住我们，让我们绊倒在碎片上。

一路上我们什么都看不见，只听见低吟和嘎吱的声响，还有主才知道谁在远处悲鸣。

"学校，也许。"马蒂说，我于是把手电筒照向他。

"学校？"

"是的，也许我应该回学校去。"

交警的脚就踩在我们这束小黄光的边沿。马蒂耸耸肩，"也许不去。"

我们转到另外一个角落，总算是闻到前方有一点点味道了，腐坏得厉害，难闻的甜味，至少证明今天我们走在正确的道路上了。我们前方的路终止在下方的一个大厅里，当我们转过拐角的时候，突然被一束光晃到眼睛，于是我们停了下来。在充满障碍的黑暗中我们摸索了太久，以至于都失去了方向感，花了一分钟的时间，我们才知道自己看到了什么——大厅后面的一扇门有一半是玻璃的，手电筒的灯光照在那上面，然后反射回来晃了我们的眼睛。

我们继续前进，每走近一步，那个味道就越发浓烈，交警跟在我们旁边——他毕竟只是一个交警——开始喃喃自语。离门口还有五步远的距离时，他说他从来没见过尸体。当我们靠近那扇门时，一股臭气扑面而来。黑压压的苍蝇从玻璃上散开。这至少也有一周了，也许两周。完全是好莱坞大戏——一个男人呈婴儿的姿势，皮肤所剩无几，只有吃得饱饱的蛆虫，本来应该在那儿的一大块肉，已经看不见了。当一个人的身体被留给大自然的时候，一些通常不会联想到的词汇开始被运用——膨胀、腐烂、液化、破裂。全都出现了，这是学习谦卑的终极一课。我们其实什么都不是，无非就是块肉，如果条件允许的话，我们最终和躺在路边的老鼠没有什么区别。

"我刚刚才克服，"马蒂说，"整件事。"

他瞥了一眼窗户，"你呢？"

警察叹着气，他也一样，想逃出去——至少离开这座大楼——但他被困在这里了，没有手电筒，他只能被困。

我不知道还能做什么，我告诉他，"你真的想清楚自己的路了吗？"

马蒂低头看着他的脚但什么也没说，他盯着地板，眉头紧锁，像是陷入深深的思考，但其实什么也没想出来。他一直朝下看，盯着地板，然后他的嘴巴慢慢地张开，我意识到他根本不是在想问题，是他看见了什么。我把手电筒照在地上，就在那里，在我们的脚下，是拖拽的痕迹，我们花了几秒钟的时间消化这个信息，这个拖拽的痕迹到底说明了什么。然后，慢慢地，我发现这个痕迹一直到大厅尽头，顺着我们过来的路延伸。说明我们这个病人不是悄悄潜入这里平静地死去的，而是被拖着过来的，也许他挣扎过喊叫过，直到被拖到这个废弃了很久的建筑的角落里被杀害。警察也看到了我们所看到的。他烦躁地玩弄他的钥匙。我们破坏了另一个犯罪现场。

出来到明亮的地方，我们跳上救护车准备写一份简短的报告，但必须把窗户摇下来，当你找到尸体的时候，会有一大堆东西跟着你，眼镜上、手杖上、衣服上、钱上。手表还在嘀嗒作响，今天也是充满了臭味，深深地入侵了我们的衣服和鼻孔，无法逃避。

"就是这样了吗？你已经做好决定了？"

马蒂点点头。我们一路走来一起经历了那么多——从没用、害怕，到经受住考验，成熟，成为有能力又谦卑的医护员。我们出发的地方正是我们向往已久的地方，找到一直以来的梦想是多么苦乐参半，然而当我们到达梦想时，心却已死。

两个月之后，马蒂离开了。

唉。

留下我思考着为什么我还在这里。是我自己选择留下，还是我被抛弃在这里？也许我是喜欢这里的，我属于这个地方，没有什么可以和奔忙在大街上，见证一切，甚至有时拯救一切相比的了。也许也不是这样。也许是我无处可去，的确是这样，事实上，我是被抛弃在这里的。坐在救护车后厢里盯着源源不断的病人——总是同样的病痛，同一个位置——我开始有些愤怒。我开始感觉到痛苦，我真的开始讨厌这份工作了。曾经我被提醒过会有这么一天的，而现在，这一天已经到来。

我所能做的只有挺住，因为一旦倦意来临，就会深深地跌入谷底。

第四部分
坠落

33
在旋涡里打转

　　周日一大早，我打算去见见牧师。已经是 11 月底了，天气很冷还下着雨。我刚开工，调度员就把我派到亚特兰大东南区的一个西班牙语区的活动房屋停车场。我人就在这里，想找牧师，因为只有他说英文，但他现在太忙了。我看得见他，就在前面不远，但我不能跟上去，因为无论他走到哪儿，都有一群人围在他身边。是送葬的队伍，真的，由他带头。队伍中间有一个老奶奶，她呼喊着，但没人理会，被送葬的人群夹带着，慢慢地从停车场走过，她的步伐很疲惫。

　　整个过程，我们都一直安静地坐在一个被白布覆盖住的孩子旁边。我们等待着终将会有的轮胎刹车声和有不好预感的母亲的哀号声。一个不会说英文的母亲，我们不能够在没有提前通知她的情况下，就让她坐进救护车。忽然，有一阵骚乱，不用说，她过来了，就在这时，我希望有人快点儿告诉她——至少她有权知道那些。但牧师还在那里，被包围着，队伍还在没有方向地往前走着。告诉她实情，变成我的任务了。

我跳下救护车，试图安慰她，让她冷静下来，向她解释我们无能为力，任何人都没有办法。但她完全不明白，因为我对她说的那些安慰的话是用一种她不明白的语言传递过去的。我四处张望，疯狂地想要找人帮忙，一个九岁的小女孩安静地坐在那里，她正在等公车，肩上背着 Kitty 猫的双肩包，膝盖上放了一盒果汁以及馅饼。我问她认识这个女人吗，这女人是不是她的妈妈。女孩点点头，于是我做了唯一能做的事，我告诉她照我说的说，尽量温和一些但要直接，一字不差。说这个孩子已经死了。不要说走了或是离开了或是不再与我们在一起了，这些词都太模糊，对脑子里还抱有希望的母亲来说，误导会更加残忍。就好像是告诉她，她的孩子没有死，只是现在不在这里。这个女孩转向她妈妈，声音清晰沉稳，她传递了这个消息。

天空顿时塌了下来。

这是糟糕的一年。

马蒂离开我之后，我就陷入了恐惧。我不想在这里，更糟的是，不想有人坐在我旁边。无论是谁。马蒂坐的位置一直处于开放状态，因此我不再有固定的搭档，源源不断的是一些兼职的人和不能适应工作的人。在这些轮流出现在我救护车上的人当中，我只和其中一个相处得还不错，但仅限救护车的范围。通常，他们就像是路人，乏善可陈。有一段时间我试图想和他们搞好关系，但失败了，我开始和他们争论。最终我决定放弃，现在我已经有一年工作的时候不怎么说话了。

奇怪的是，我职业生涯的衰落和经济衰落几乎同时发生。大萧条通常会逐渐地蔓延到整个国家，真正到达亚特兰大的时候是2008年，这座城市刚经历过几十年的扩张，萧条给这里带来的冲击，让人有些猝不及防。亚特兰大从上世纪80年代初期开始发展，从一个南方的小镇化身为国际大都市简直就是一瞬间的事。它不断向四面八方扩张，占据了佐治亚州北部一大片的土地。亚特兰大的人口增长率曾经一度超过了美国其他的城市。

最初的发展完全只是在郊区，但奥运会之后，整个地区出现了城市的发展复兴。住在城里突然变得时髦起来，社区开始优化并被重建。成千上万的高级公寓如雨后春笋般冒了出来。像其他地方一样，房价一飞冲天，人们为了要在城里生活必须得为每平方米付出高昂的代价。

现在，整个市场陷入萧条，人们不仅失业还失去房子，那些被拍卖的多层公寓都是崭新的，那些公寓大多是空着的或是有一部分租了出去。那些留下来的人，都是用高价买的房子，如今还不起贷款，只能留下来等待痛苦的结局。他们抵押了所有的家具，就只等着最后的灯灭了。也许他们成长得太幸福，对艰难的日子根本没有准备，或是太骄傲了，不愿去做一些低薪的工作。终于，电话响了，不是收账员打来的，是银行，"我们没收了这套房子，"他们说，"富尔顿镇的执法官早上会到那里把搬迁通知交给你，请做好准备。"

因此，对艰辛的日子还没有准备好——不愿意放下，触底反弹——于是他们拨打了911说他们想自杀。在失去尊严之前先来个死亡威胁。

我第一次到这样一个全新的 11 层大楼里执行任务——里面空空如也——就这么高高地矗立在城市的中心。漫长的一周、漫长的一个月，看起来没有尽头。我们从 11 楼的电梯出来，走在安静的大厅里，然后进入空荡荡的公寓，这里不只是空荡荡，而是荒凉。没有家具、没有画、没有碗碟，除了挂在墙上的电视机，其他什么都没有。电缆已经断开，电线就这么挂在半空，一条三尺半长的数据线提醒着大家一切已经一去不复返了。我们的病人靠在中岛上，茫然地翻阅着一叠信封，解释着为什么水电被切断了。有一张法院寄来的关于开具假支票的传票。面对着堆积成山的账单和空空的账户，她开始给杂货店开空头支票，让这个艰难的处境走向犯罪。岛台上有一部手机，放在被人造钻石点缀的粉色台面上——像是一个孤单的证明，相对于现在的苍白和凄凉，这里原先还是很不错的。电话的扬声器是开着的，她远在佛罗里达的父亲正在跟比我们早到几分钟的警察描述着相关的细节。

当她的"搬迁通知"被送达的时候，我们的病人打了 911 报警电话，说她准备吞下家里所有的感冒药然后等死。于是她冲进浴室，打开药瓶，把药全都抖进嘴里。结果什么都没发生，就像其他一切一样，都消失了。现在她说她改变主意了，想待在家里，但只要你一说出"自杀"两个字，提到它，甚至只是暗示，那你就完蛋了。根本没有回头路，这也是警察正在跟她父亲所说的。当我告诉我们的病人收拾好东西时，她的嘴角露出了苦涩的微笑。除了传票，其他都收拾好了。我把传票捡起来，郑重地把它塞回信封然后放进她外套的口袋里。她就这样安静地离开了她的住所。

类似的求助电话一个接一个，当账单不停累积的时候，人们的出路也变得越来越狭窄。到现在每当我看到抵押通知的时候，我就会猜想里面的人是否已经开始想办法解决问题和开始重建工作，或者，和那些人一样的，坐在救护车后厢被带走。

当然，不是每个人都只会威胁要自杀。

就有一个男人拿着手枪坐在紧闭的门背后，当执行官来驱逐他的时候，他打开保险栓，张开嘴，用枪对准喉咙，扣响了扳机。还有一个女人在皮埃蒙特公园用枪把自己打死，尸体是第二天早上晨跑的人发现的。还有一个女人吃掉了整个月的药量——许多给成年马吃的药从塑料袋里被抖出来——放进搅拌机里。她把这些药弄成像泥浆一样，然后吞下。我不知道她死亡的过程是怎样的，但当我们到达的时候，她躺在沙发上，全身发蓝和肿胀，一篇很长的、充满愤怒的自杀笔记就放在她的旁边。还有一个青少年，在自己的前院的树上上吊死了。他悬挂着的身体看起来是那么恐怖和怪异——简直就是黎明前的恐怖电影——我们谁都不想去敲开这扇门，直到他那受到惊吓的爷爷慢慢地走出来站到我们旁边。

有些人尝试自杀，但失败了。有些人假装自杀，但也失败了。还有最后一种，那些没有说服力的假死骗子，我们找到他们的时候，他们还活着，只是愤怒地，用一种他们以为是死亡的姿势躺倒在地上。

我们赶往那所房子的时候天空正下着大雨——那是一座建于 20 世纪 70 年代有错层设计的房子，作为当时镇中心大力发展的一部分，但很久之前这样的计划已经泡汤了。整个地区现在就等着看还会有谁来接盘了。这里现在住着五个缺乏管教的女孩和她们年迈又一直在吐东西的奶奶。门前的台阶已经裂开了，栏杆锈得很严重，已经变形了，院子里什么都没有，只剩湿答答的泥土。车道被三辆废弃的车子遮盖住，永远也不会有人来清理它了。我戴上帽子下车走进雨中。一群年轻的女孩——疯癫又缺乏温柔地——你推我揉地从台阶上冲下来，尖叫着说她们的姐妹自杀了。

我点点头，"她在哪儿？"

她们指了指那个狭窄又黑暗的楼梯。一个老太太在楼梯口等着我们，不像家里其他人那样，她很安静也很冷静。在这个逼仄的走廊里，我和我的搭档等待着老太太说些什么。几秒钟之后，她冲塑料杯子里吐了一口烟草汁然后打开卧室的门。里面尽是没有洗的脏衣服和吃剩的外卖盒，从没有吸过尘的地毯，石膏墙板常年被细菌侵蚀，上面满是肮脏的手印。房间的最远处，我们的病人整个倒在一张没有铺床单的双人床上。房间里到处都是蟑螂，老太太又吐了一口烟草汁然后说那就是我们的病人，她还是在床上一动不动，又一次自杀了。

"又？"

"对。"

我的搭档先走过去看了看，我转向这个老太太，我还没开口，她就总结说我们这个病人的一生就是一系列糟糕的决定，中间还不时穿插着各种自杀。与此同时，我的搭档检查了我们的病人，发现她还活着，只是假死。我们的注意力转移到了让她死而复生的把戏上了。

我们有很多方法，不用药物。有时候我会用羞辱的方法。也许是病人感到不被重视，于是在复活节做弥撒的时候，在耶稣的注视下，极有恩典地从长凳上滑下去死掉。有时只要说明这样会给奶奶衰弱的心脏带来多大打击的时候，就可以把他唤回来。其他时候我会翻他的眼皮或是用笔挤压病人的指尖。如果装死者还是无动于衷，我就会把气管插进他的右鼻孔，那就会很戏剧性地把他叫醒——想想电影《低俗小说》里的乌玛·瑟曼就知道了。

　　在我决定怎么做之前，老太太又吐了一口烟草汁，烟草汁从她的门牙缝里流出来。"通常都会有遗书。"她说。

　　好吧，我被玩儿了。我扫视了一下梳妆台、床头柜和地上，没有纸片。我往后退了一步，看了看病人。她躺在床上，紧闭着眼睛，嘴巴张开。她的左臂用一种不自然的角度伸展着，指向柜子。足够了，那就是找到遗书的地方。

　　我拿过遗书，在台灯下读了起来。简直要命，字写得很丑，还有拼写错误，不断句，没有一句写明白的话——整封信完全没有任何逻辑可言。终于，我们看到了"怎样自杀"。用粗体的大箭头指向了柜子，遗书上说"于是我吞下了所有的子弹和药丸"。

　　我翻过床的那边，找到了 4 颗泰诺和 3 颗点 22 口径手枪的子弹。这里要提一下的是，点 22 口径手枪的子弹并不大，我们说的不是那种霰弹猎枪，点 22 口径手枪用的子弹就跟铅笔上头的红色橡皮擦差不多大小。就算是连弹壳一起，也不超过一颗腰果那么大。老太太笑了。

　　但的确是有棘手的事了。泰诺看起来是一种无害的药，所以经常被女孩们用作惩罚男朋友或是家长的工具。我只吃几颗，当她吞下 20 颗泰诺的时候她总是这么跟自己说，他们就会觉得对不起我了。是有人会觉得抱歉，好吧，但过量的泰诺会损害肝脏，逐渐地、痛苦地。那些被及时发现的幸运者会经历一个很痛苦和残忍的洗胃过程。而其他人则可以期待一个缓慢且不必要的死亡。

我的搭档把药瓶里剩下的药丸全都倒在床上，标签上写着里面装有 25 颗泰诺，这里有 18 颗，减去制造假象的 4 颗，我们的病人只吃了 3 颗泰诺。现在我们都笑了。

我们的病人还在装死。我继续读着遗书，更多的是互相指责的话了，老太太不时传来窃笑声。遗书的最后，病人还签上了自己的名字——有些难辨认——而且还很有礼节性地增加了附言。这个附言引起了我的好奇。是什么重要的事情必须得包括在遗书里面，但又不那么重要地被排除在遗书的主体部分。我大声地读了起来。

附言：努克努克会永远在我心里。

我把拿遗书的手放下，"努克努克是什么鬼东西？"

老太太说："努克努克就是个浑蛋，曾经就住在这条街上。"

我问他是怎么死的，她说他没死，只是搬到了夏洛特去。

这下全明白了。到了我们这个年纪，什么都明白了。我把遗书扔下，爬到床这边。我伸手把女死者的颈子抬起来，然后告诉她我们已经受够了——吞下子弹或是吃了三颗泰诺都不至于让你死掉。我告诉她家人都很关心她，如果知道她相安无事，大家都会很开心。

"游戏结束了，你还活着，我们大家都知道。睁开眼睛吧。"

她睁开了。

34
侠盗飞车

我记不清是何年何月了，尽管我现在不开心，但我曾经快乐过，曾经有过很好的搭档。我们是很好的朋友，我甚至都爱上了这份工作，而我也做得很棒。我明白这些，因为我现在还觉得心里空荡荡的。我已经恍惚很久了，直到有一天，在格兰迪医院里，有人把我拉到一边问我——诚恳地问我："你到底怎么了？你看起来不在状态，你还好吗？"

不好，我很生气，很迷茫，几乎都不在乎了，我枯竭了。

每一个深夜和清晨，佐治亚州让人汗流浃背的夏日和南方冰天雪地的冬季，周日和周末，当你几小时只能无聊地看着挡风玻璃，而你深爱的人们正在家里庆祝圣诞的时候，那种痛苦无法诉说。怪脾气的护士，高傲的医生，糟糕的搭档——哦，是一帮糟糕的搭档——还有用漂白水冲洗尿液的刺鼻味道。

这些都比病人更让我觉得难受。

那些病重的人因为你的失误死去，或者，更多的时候是因为他们的时辰已到，你只是刚好见证而已。那些没有生病的人，因为牙疼或是头疼或是手指被割到了而拨打911，因为他们很清楚公交车司机会要你当面付车费，而救护车只会事后寄账单，到时候他们不给就行了。

就像是一个不断重复的梦境，每一个工作日都带着同样的烦躁情绪，工作日从不改变，这样的情绪就会一直拉扯着。几个月来，我都在思考怎样结束它。也许，我很快就撑到极限然后辞职；也许，像其他许多人一样，因为背了一个肥胖的女人下楼而伤到自己的背部，因为她从一开始就觉得没有必要自己走下楼。

我已经厌倦了病人，厌倦了工作，厌倦了一切。一个又一个的搭档在我身边轮换已经有一年了，突然有一天，总算轻松了，来了一个新的搭档，一个不错的搭档，他可以轻易地把我从悬崖边拉回来，但他是在医护学校学习并且很快升级就离开了，把我又丢回到原来的状态中。每一天，开工之前，我开车的路上都希望今天可以遇到一个好的搭档，但就在我要到格兰迪的时候，从高速下来进入市区，我就预感我不会遇到好搭档了，于是胃就开始翻江倒海，恶心想吐。我知道我会遇到一个讨厌这份工作或者讨厌病人的搭档，要不然就是热爱这份工作，但又缺乏能力的搭档。每一天就是搭档的轮盘赌注，我祈祷那个指针会指向一个空槽，但每次运气都很糟。

这样的日子看似没有尽头。

就现在，所有的愤怒和沮丧就像是浮于水面的气泡，随时会爆掉。我现在不单单是枯竭了，今晚，我终于游走在区分筋疲力尽和杀人凶手的双黄线之间了。我站立于一栋高楼里，通过蓝色的烟雾看见一个有着二十几年烟龄，每天要抽一包烟的男人，他缓慢地喘着气，身体向前倾，一头栽倒在地上。电话只是说病人感到突然的意识混乱。我们开车赶去，停在大楼的前面走进去。但是这座大楼，甚至就是这间公寓，是无数通骗人电话的来源。我已经来过这里太多次了，从来没有，从来没有像他们描述的那么严重。今晚除外，我就站在这里，两手空空，14层楼，坐电梯都要花很长时间才能去到我们的救护车上拿到仪器，而病人正在死亡。

我们进门的时候，他还好好坐着，看了看我们，朝我们挤了挤眉毛，点了点头。我还没来得及说什么的时候他就从椅子上摔下来扑倒在地上了。

"快扶住他，扶住他！"

我这个搭档是个慢动作，从来不会意识到情况紧急，需要争分夺秒。我跪下来检查脉搏，还有一点脉搏，但是没有呼吸了。我抓过医药包，扯出氧气面罩，给他快速压了两下室内空气——氧气罐还高兴地待在楼下的救护车里。我们抓起他的双手双脚，把他放到担架上。我再一次检查了他的脉搏，还有那么一点，于是我们赶快把他推向门口。

我们对这个男人一无所知，不清楚到底发生了什么，他的用药情况、背景，具体病痛的情况，甚至他的名字。我们只知道他曾经意识混乱，现在已经没有呼吸了。

"去拿他的药、钱包，不管什么，只要是你能找到的。"我朝我的搭档大喊着。

他返回的时候除了钱包和支票簿，一点药都没找到。

"你过来。"

我把氧气面罩交给他然后奔向厨房，打开冰箱，找到半瓶胰岛素，在卧室里我找到一些空药瓶，还有几张出院单，我把它们都带上了，然后出门。我很害怕，害怕他会死掉，那就会是我们的错。我只剩颤抖的躯体、发红的面孔、干涩的口腔和一双恐惧的眼睛。

好在我们到了救护车上他的心跳才停止。不知道什么原因，消防队始终没有出现，只有我们在努力抢救他，但终究还是没有做到。到了医院，他们宣布他的死亡，就这样。在急诊室外，一切结束之后，我坐在长凳上，我的搭档正在清理救护车。病人所出现的状况已经说明问题的严重性了，我们其实也没法做什么。但事实还是证明了我的懒惰和漠不关心，居然一点准备都没有就出现在现场。如果他就死在他的公寓呢？如果我需要用到仪器，但却没有，是因为我把它们留在了 14 楼下面吗？

我花了几天的时间思考这是不是我该离开的信号——如果真的离开，那就像是在冰箱里放了两天的肉，拿出来就不能再放回去了。还有回旋的余地吗？几次轮班之后我还在思考这个问题，结果不知道怎么搞的，我的救护车被偷了。

真的，时机再好不过了。人们总是说他们等待着提示，就在这里，大写的粗体字，就是我的提示。我们被派到一个三层楼的公寓去处理一个病人感到呼吸困难的问题。我们拿了仪器但是没有锁车门——听起来可能有些奇怪，但我从来没听说过有谁锁过车门，从没。于是我们上楼，开始救治，把病人放到担架上，把他抬下楼。我们经过大厅，朝看门人点了点头，然后出门发现我们的救护车不见了，真的不见了，就这么消失了。

我站在路边，张大了嘴，嘴唇慢慢地弯成了一个笑容，而此时我的搭档正前前后后地在这个街区跑着找车，就好像车不是被偷了，只是被藏起来一样。甚至连病人都知道，救护车没了。已经很晚了——凌晨 3 点——我们就这样，两个孤独的医护人员推着担架车走在漆黑的马路上。

电话响了六声才被接起来，小镇的另一边，我们的主管正窝在她的办公室里，脚跷在桌子上，把电话夹在她的耳朵和肩膀，声音有些迷离，好像已经睡着，好像这是她想接的最后一通电话了。

"你不会相信这是真的。"

"说来听听。"她说。

"我的救护车被偷了。"

"太好了。"

"我是认真的。"

"现在太晚了。"

"我知道。"

"别瞎胡闹了。"

"我没有。"

"你没有吗？"

"我没有。"

主管来了，警察也来了。另一辆救护车被派来运送我们的病人。我们被送回格兰迪医院填写部门事故报告。我的搭档很紧张，而我却很开心。我早就期待这件事情结束了。

几小时之后，当我们的命运还在悬而未决的时候，警察找到了我们的救护车。它被开到了城市的另一边，最后被丢弃在一个空旷的停车场里，钥匙还插着，油箱里还有油。出于某种原因，小偷在离开之前掏出他的老二，在车里到处撒尿，仪表盘、方向盘、驾驶和副驾驶的座位上、无线电报上。怪事真是一桩接着一桩。

一个月来，从来没有像那天早上睡得那么好。太累了，是的，但更多的是我知道这一切结束了。终于，第二天晚上，我洗过澡之后，穿上干净的制服，出现在医院，接受宣判。但没人提及救护车，没有，警察没有，主管也没有，还有那个倒霉的被派去擦干净尿液的医护人员也没有，偷车的家伙当然更不会。这就是个找不到小偷的案子。

能想象我有多么的失望吗？

35

将他们融化在你的印象中

自从我的救护车被找回来之后，自从它再次行驶在路上而且没有任何尿味的时候，自从我忍受完本地新闻的轮番羞辱之后，我就被提名为非正式的实践教员。格兰迪的流动率实在太高了，现在比以前更糟糕，他们留不住人，也不能迅速找到人来填补。他们在一个月的时间里招进来太多的新人，以至于现有的实践教员根本忙不过来带他们。他们需要更多的实践教员但又没有时间走流程——申请、考试、面试——于是现有的实践教员集中到一起商量说，只有找一些经验丰富的医护人员一起帮忙。就是那些经常在这里，工作出色并且受到同人尊重的医护人员，出乎意料，我居然在这个名单里面。

在我开工的前一周的某个晚上，电话响了，是培训部主任打来的。尽管我没有申请，尽管我明显地看起来已经疲惫不堪了，他还是说我会是一个好的实践教员。

"你有兴趣吗？"他问。

我毫不犹豫地接受了这份工作。

我的第一个新学员来自纽约，她已经有过几年的经验，训练对她来说应该比较容易。只需要三周的时间证明她不会害死人，那就可以放手让她自己干了。这无非就是走一个过程，应该是很轻松的，但却是彻头彻尾的失败。她完全不了解急救的过程，没办法处理病人，没办法承受压力，动作很慢，也不能同时处理多种状况——也就是说她不能以一个医护人员的方式开展工作。

第一个星期结束的时候，培训部的人问我她怎么样。

"太糟了，比糟糕还糟糕。如果她还没有害死过人的话，那真是她运气好。"

当天晚上回家的时候，我多么期待她会从我的车上被调走，转给其他人。相反，他们不仅没有这么做，还变本加厉又给了我一个新的急救员。突然间我有了两个新人，两个都没有头绪，都等着我帮忙。我们真是可怜。终于有一天，事情到达了顶点，我们忙得要死，电话还不停地进来。这个急救员不会开车，而这个女医护员也不能给他指路。她低头忙于一堆的文字报告里，急救员满身大汗，工作不稳定，还不停抱怨错过了午餐。当我们正赶去处理一个因为低血糖而几乎失去意识的病人时，我彻底被气疯了。女医护员完全束手无策，而我必须得在房间里跑来跑去，一边要避免急救员和病人家属发生冲突，一边要注意女医护员没有给用错药。而只要我注意了其中一个，另外一个就一定会在我后面捅娄子。

最终我只好自己接手来做，让他们在一旁看着，这是他们最乐意的事情了。刚结束这个任务，我们又接到了另一个。一路上这两个人都很迷茫，还不停地对着对方大吼大叫，我只好让他们把车子停在路边，自己来开。当我们到达现场的时候，急救员居然从车上滑了下去，摔晕了。

这三周从来没有这么漫长过。

还是老样子，我的新人队伍越来越庞大，格兰迪就像是急救医护世界里的麦加城，是急救人员的朝圣地，因为它的业务量大到惊人以及美名远扬。总是不断有新鲜的血液加入，但不一定都是正确的血液。在格兰迪工作的医护人员会需要面对一些其他地方可能不会遇到的现实。比如闯入一座废弃的建筑物里或是帮助警察在草丛里寻找刚刚杀死你病人的手枪。还有很多障碍需要面对，不单单是在格兰迪这样，在其他公立医院里也是一样，比如，说当你需要什么东西的时候通常是没有的。

"他说我得给钱。"我再一次和我的主管通了电话。

只是这次不是在大街上，而是在加油站里。

"什么？"

"他说如果我不付钱，我就不能走。"

我正在班克赫德高速路上的雪铁戈加油站里，当我低声打电话的时候，柜台里的店员正礼貌地带着微笑看着我，电话那头的主管似乎宁愿忙于自己手上的事情也不想解决我在加油站里遭遇的处境。

"他不让你走？"她问。

我们的加油卡有问题，有人没有付账单，于是卡就被停了。已经有好几天是这样了，事实上，我们一直有良好的信誉。加油站总是让我们先加油，他们记账，这样他们可以准确地知道我们加了多少油，欠了多少钱。数字越累计越多，班克赫德加油站的老板终于决定不再让我们赊账了。

"他说好多车都到这里来加油——"

"五辆，五辆车。"店员说。

"五辆车来加油，而且都不给钱，他要我们付钱，就现在。"

"好的，告诉他我马上就去。"

"我的主管马上就来。"

"好的，但是你得在这里等她。"店员说。

我朝电话里说："他要我在这里等你。"

主管终于被惹怒了，叫嚣着问到底我们欠了他们多少钱，叫嚣着我的这些救护车，不只是指望，更是被授权——按照州法律——对于这个区域里所有突发事件要进行处置。

"告诉他你必须离开。"她说。

"他说如果我走出这道门，他就会报警。"

"凭什么？"

"说我偷窃。"

主管大笑起来，"开什么玩笑？"

"我觉得我没有在开玩笑。"

"快跑，走。"她说。

当我走到商店中间的时候，老板发现我想溜。还有其他加油的人也在里面，目睹这一切。我想知道当我冲出大门的时候，他们是怎么想的。我听见身后传来店员的声音，尖叫着很生气。我听见他手机上哔哔哔拨打911的声音。我跑过停车场，朝着我的新人喊快开车。我听见背后追赶我的脚步声和喊叫声。当我跑到车旁边的时候，救护车启动了，我跟着它一边小跑，一边把门拉开，然后飞身钻了进去。我们碾到了路边石，顺着路赶快逃走。就像是两个可怜的毛贼偷走了亚特兰大的一辆救护车。

我的这个新人吓得脸色惨白，过了几分钟，他问我是不是刚刚偷了汽油。

"是的。"

"这很正常吗？"他问。

"这要看你怎么定义正常了。"

36
送子鸟又上路了

　　我曾经一度很消极，几乎被这份工作吞没了，现在我回来了——被培训新人的兴奋所鼓舞——而我得到的奖励却是一长串，接踵而来的孕妇。不只是怀孕的，还包括要分娩的。这一年来，我接生的婴儿数量比其他医护人员接生的都多，于是获得了送子鸟奖。过去的 12 个月，我见到过的阴道比我想象的要多得多。很多情况下，我没有其他选择。它们就这么来了。

　　第一次，一个妇女把衣服拉到腰部以下，上半身裸露着，两腿张开，她要我检查看看到底里面发生了什么，很本能地，我有些抗拒。说到底，这个器官其实跟身体的其他部分是一样的，尽管它们可以被拉伸或是撑大成各种形状。

　　多年来，很少接到运送产妇的电话。今年都找上我了，虎视眈眈、有条不紊地切断我所有逃避的路线，直到无路可退之后必须迎难而上。有些医护人员在他整个职业生涯里可能都遇不上一次接生婴儿，而我今年已经接生 13 个婴儿了。

它们找上我的时机很奇怪，这些阴道和就快出来的婴儿。我妻子怀我们第一个孩子的时候，是日程表上计划的今年将会出生的千百个婴儿之一。我们不止一次地被告知，受孕对我们来说是很困难的。对于许多孕妇来说——特别是在救护车上能分娩的孕妇来说——怀孕简直是易如反掌。她们大部分都是意外怀孕，有些时候甚至根本不知道自己怀孕了。不像我们，经历了多少年的不孕不育治疗，包括多少次失败的体内受精和体外受精的尝试。我妻子逐渐膨胀的肚子——这种出现让我们害怕这个小生命有可能会悄无声息地消失——这意味着几万美元的损失，还有不计其数的超声波、去医院、侵入式检查、药丸、打针，以及我们全部希望的幻灭。

我们尝试了一次又一次，终于有一天萨布瑞娜怀孕了。在一次体外受精之后的三周，于是之后就开始了九个月的妊娠期，每一次头晕、每一次痉挛以及没有征兆的胎动，是不是代表着什么——任何事要发生。

人们总说我作为一个医护人员，懂得人体结构的知识是件好事情。才不呢，知道什么事情有可能发生——亲眼见过，知道对人会有什么影响——一点儿也不好。有些真相我一点儿也不想知道。

经过那几年的漫长过程——我们怀不上孩子的那几年——我已经相信，也许别太在意，不要有执念，因为一旦萨布瑞娜怀孕，所有的那些担忧都会烟消云散。但正如任何一对父母，一旦孩子不再是停留在理论上，而是成为活生生的会呼吸的、在腹中被孕育着的可能性时，恐惧就会被放大。

妊娠早期

我第一次处理到的流产状况很糟糕。小小的手已经成形，握成拳头状悬挂在世界上最小的人的手臂上。没人告诉我会是这个样子。

我想象着应该满是鲜血、疼痛和一个安静的母亲，相反，看到的是一个被放在保鲜盒里熟睡着的小人儿。一开始，我们的病人想要抱着他，后来没有抱，而是把他放在了担架上。我们开车遇到颠簸，保鲜盒摔了下来。他就像一滴雨水一样落在地上。把他捡起来，再找到一个合适的地方安放，这整个过程就像是一场葬礼——能够想象两个羞愧的护柩者在橙色的街灯下狼狈的样子吗？

大多数时候都不会那么戏剧性。通常妊娠早期出现的问题都是有预感的——从身体里面发出的无声信号表明可能出了些问题。有时候是出血，有时候不是。许多妇女只是知道有问题，但她们并不知道到底是什么状况。很多时候根本不是流产，只是晨吐、痉挛或是背痛，抑或是因为脱水和疲劳而导致的眩晕。这些妇女，在她们怀孕的整个过程中，每天都要打急救电话，她们身边已经有一叠没有去拿药的处方单，还有上个月、上周甚至是昨天晚上才开出来的出院单。这些单据就是警告——直接的而不是模糊的警告——不要再去医院了，不要再打 911 了。但这些妇女还是要打电话，而我们也只能去接她们。

妊娠中期

　　那就是普通的一天，我们被派到城里较远的地方，那里有一名妇女感到腹痛，她正在家里，她怀孕了，现在正大出血。我们进门的时候，她没有说话。她母亲也在，说她女儿已经怀孕23周了。当我们把她送到救护车上时，她大喊着有东西要出来了。她头朝里，我们在她后面，我拉开她的裤子，当时车门还敞开着的，已经没有时间管了。就在那儿，光天化日之下，她在担架上生下一个瘦小且没有生命体征的婴儿。她在发抖，很紧张，一直问这孩子怎么样了。"嗯，不太好"这样的词不应该让一个第一次当妈妈的人听到。我们夹住脐带剪断，用一块毯子把他包好，放平。他没有呼吸，也没有心跳。我对他进行人工呼吸，想要刺激他，没有反应。我开始按压他的胸腔，我只能用一只手指按压他那小小的胸腔。我们尝试给他灌气，但我们的仪器都太大了。已经过去20分钟了，毫无办法，当那些仪器设备都太大，而你手上的病人就像个苏打水瓶子那么大，你真的感到无比绝望，从来没有这么无助过。

　　我们把这个紧张的母亲和没有生命特征的婴儿送到医院。就在那时，当我们把担架车从救护车里拉出来的时候，有变化了，他的心脏开始跳动，而且越来越强劲，透过他那半透明的皮肤可以看见他每一次心跳。持续着——他那突然被唤醒的心脏怦怦地跳着——穿过停车场，穿过大厅，坐进电梯，一直到新生儿重症监护室外，一群焦急的护士和一名医生正等待我们的到来。他们像浪潮一样，一下子席卷了这个母亲和孩子。

　　要在千万名的病人里寻找其中一个的下落实在太难了，也不可能，所以后来这个孩子怎么样了，我不知道。他就这么消失在医疗保障的海洋里，甚至没有留下一丝涟漪。我知道的只有当天发生了什么——一个还没有苏打水瓶子大的小孩，出生在停车场里，他的生命从死亡开始，有了一线希望。我也知道，那个电话是我们当天最后一个任务了。我们返回医院，把设备收拾好，然后回家。我脱下衣服，洗澡，换上牛仔裤和 T 恤。我给自己倒了一杯饮料，做了晚餐，吃完晚餐后，看了一会儿电视，最后上床睡觉，"多么神奇，多么神奇的工作"这个念头一直萦绕在我的脑海里。第二天早晨醒来，我又开始工作。

妊娠晚期

怀孕到 37 周的时候，整个世界就变了，时间就这样悄悄地溜走了——萨布瑞娜已经足月——她那巨大的肚子里装的已经不可能或者不会是一个胚胎，而是一个孩子了。

大约这个时候，和朋友们聊天的话题已经转向有没有在家里就分娩的可能性了，我不要像很多美国人那样，毫无准备地就在汽车后座上接生了一个婴儿，至少我自己会有所准备。有人建议我从医院偷一个接生包放在家里，以防万一。萨布瑞娜很明确地表示她甚至不想让我看到分娩时发生的一切，更别说参与其中了。对我来说，嗯，我从来没有考虑过在家接生。也有工作经历带来的因素，我看到过那些被弄脏的床垫、车座椅、被子、沙发、整张地毯——完全没法再用了。我见到过被吓坏的父亲和迷惑的小狗，还有自然分娩带来的疼痛——我知道因为一些难以启齿的原因，准妈妈们到了医院都会被灌肠。

越临近分娩，我对每个细节都越来越焦虑，最大的焦虑就是在哪里生。在亚特兰大，我们幸运的是有北区医院，那里就是婴儿制造厂，在那里出生的婴儿比城里其他医院都要多。许多准妈妈准备好了每一个会发生的状况，然而有时候现实总是会写出不同的剧本，他们的孩子是被两个医护人员蜷伏在餐厅地毯上迎接到世上的。我们戴着护目镜和手套，穿着长袍，手里只有接生包，里面装着蓝色灯泡的注射器、脐带钳、一次性手术刀、消毒纱布、铝箔毯子以及粉蓝相间的帽子。通常如果产妇疼得受不了了，就会有两名她不认识的消防员过去把她的腿架到自己的肩膀上，然后我会喊她用劲儿。丈夫通常只会脸色发白、全身瘫软地靠在墙边。

当然，有时也会有孕妇早就打算在家里分娩。

一天晚上，我走进一套没什么家具的公寓，屋子里充斥着部落民族鼓的敲击声，缓慢而有节奏，像是巨人们在行军。在卧室的后面，我发现一个女人正站在充气游泳池过膝的水中，角落里一个全身赤裸的女人两腿分开地站着，脐带下面还拖着一个躺在她两腿之间地上的婴儿。她们试图水中分娩——一些奇怪的人说那是传统和古老的方法，但她们肯定还没完全搞明白。她们选对了日子，但操作的时候却搞砸了，于是孩子在水下待了六分钟。看起来她们完全不知道她们所做的哪里出了问题，除了我们，也许还有那孩子，但对他来说都太晚了。

萨布瑞娜的羊水是凌晨两点破的，那天早些时候她去看了医生，他们同意说如果到星期五都没动静的话，就剖腹产，计划又被打破了。她在卫生间里喊我，尽管我睡得很熟，也立刻辨别出她声音语调的不同，于是赶快跳下床。我们早已经把行李打包好，所以没什么要做的，只需要穿好衣服出门。我有些激动，想要赶快离开家，赶快开车出门，赶去医院。头胎的分娩总是需要很长时间，之后再生孩子就会更容易更快。但那都是主观的说法，其实都是一些不可控的因素决定的，所以我只想赶快到医院。萨布瑞娜坚持要在座位上垫上浴巾，铺好之后，我就飞快地驶向医院。

尽管她的羊水破了，但还没有宫缩，还没有推力，我们还可以缓缓。有些重要的事要发生——那种决定命运的大事——这一刻，我们两个就在车里，还有一块浴巾，这才是开始，没办法不笑，我们什么都不能做，只有等待。

我们就是那么做的，等待，没有止境的等待，没有进展的等待。要好几小时之后才会有宫缩，之后还需要几小时才真的要生。最后的时候，会穿破脊椎，注射麻药，更多的考验，更多的等待。宫缩的频率就像是慢炖，一点点加温，在我们没有察觉的时候，沸腾的那一刻就到来了。忽然间护士们和一名医生第一次全都穿上白大褂，而我脑子里想的是我还没准备好。医生问我想不想帮忙，就算我说想，我的手也抖得厉害。

当医生告诉我站到产床的后面时，萨布瑞娜准备好了最后一次深呼气用力，当我靠近的时候，婴儿的头出现了。我伸手过去，支撑住它并把他引出来。没有什么戏剧性的情节，没什么可宣扬的，很平静，只是一个孩子，我们健健康康的儿子。

从技术上来说，他是我接生的第 14 个婴儿。

37
罚单

许多年前就有人告诉我，如果我做这份工作的时间足够长的话，有三件事必然会发生——第一，我会觉得筋疲力尽，而且需要自己找到解脱的方式；第二，和时间有关，我会遇到各种想象不到的任务；而第三，我最终会被告上法庭。前两点已经发生了，尽管我从没想过第三点，直到我真的被告了。

诉讼被送达——指控我照顾不周，因失职而对某人造成了不可逆的伤害——我一点儿也不惊讶。我记得那个病人，我知道这一天会来的。尽管这是几年前的事了，但那一天发生的细节还历历在目，也很直接。基本上，就是这样的。

……

所以我知道这一天会来的。我知道的——好吧，至少怀疑过——早就有律师想要调查我的过往。没什么办法，只有等待着他自己找来。现在终于发生了。那是早春时节，我去上班的时候发现邮箱里塞进了一封信，那是医院的律师寄来的，他们问我，几乎是恳求的语气说，能不能抽出一点儿时间谈谈——当我方便的时候。当然，我安排了时间和他们的见面，到他们办公室的时候，我们握了手，坐下，直奔主题。

此次任务的所有细节都被拆分到面目全非，完全不像是来自同一件事。我在审讯时的回忆，在还没有定罪前就已经被判死刑了。几小时之后我说我得走了，我只有几周大的孩子还在家里，我的妻子早上得去上班。调查已经结束，律师们彼此看了一下——因为我没有给他们其他的选择——于是同意我离开。我起身。

"你有问题要问我们吗？"其中一个律师问我，她骨瘦如柴，肩膀似乎都撑不起她的那件西装，她的搭档就很健壮，但几乎很少言语。

"我被告了吗？"

"没有。"

我松了一口气。因为医院财大气粗，我只会作为证人出庭。

一个月之后我们又见面了，这次就没有那么多的质询，更多的是直接提问。

"答案要更简短一些，"律师一边说话一边脱去西装外套，露出瘦削的手臂，"不要主动做解释，让他们自己去理解。"

整件事情有些出乎意料。不停地被挖掘、被置疑、被指控，还不给任何解释的机会，这种紧张的感觉太糟了。所有的事实都需要经过事后处理——这些情节就看双方如何运用和呈现它们。我不停地感到恶心，就像是食物中毒之后，尽管已经拉完肚子了，但那种晕乎乎的感觉还依然持续。我感到很尴尬，像是被所有事物孤立了，甚至包括自己的信心。能想象被自己的意识抛弃的感觉吗?

并不只有我是这样，我曾经的老搭档，当天他也在那里，经历了一切。我们一直是被分隔开的，从没有被一起约谈，也被阻止和彼此再聊起当天发生了什么以及几年过去之后现在的情况，一切都是策略。我猜想从外界的角度，这完全能被接受，但在急救服务体系中，你的搭档不仅仅是你的生命线，更是你完成任务的 40 分钟里的整个世界，就这样被分开，简直是不应该的。尤其当你们还是好朋友时。天知道我们一起完成了多少任务，多少年来，我们一起开怀大笑，一起汗流浃背，一起在救护车后车厢里打瞌睡。我们一起分享梦想和不安全感，还有晚餐。我们一起帮一个妇女在她的厨房里做心肺复苏，而她的家人则漠不关心地在客厅看电视。他来自佐治亚州南部，个子很大，是穿着蓝色急救员服装的巨人，有一次就是靠他壮实的身材我们才得以摆脱危险的处境。

等待仿佛无休无止。

而证词却不是。如果把一个普通的疾病以及关于病人的一系列数据提供给世界上任何一个医务人员，他们都会告诉你同样的东西。病人会有怎样的表现，看起来是怎么样的，处理的过程会有什么感受，要遵守哪些步骤。但一旦治疗开始，只有那两个跪在地上处理病人的才会知道到底发生了什么以及为什么他们彼此能相互理解，因为每一个任务都有它特殊的空间和时间。通常微小的事情就会导致结果的极大不同。其中的微妙之处，在所提出的问题里，只用简短的答案来说明的话，是很困难的。医院的律师只要我证明，在这个任务的执行上，以及我之前和之后执行过的无数个任务中，我都是直接、没有过多思考地执行着一个所有医师都知道的且无懈可击的方案。

这我完全不能接受。

然而，就这样，一切结束了。又来了一封信，这封信上写着再没有案子了。我不知道发生了什么，就这样消失了，再也不需要我做证了。我感到被释放了的同时也很恼怒。确实，我从一种不可控的力量之中逃脱，但我也没有得到任何解释和捍卫自己的机会，以及和指控我们的人对话的机会。我和我的老搭档就这样被遗弃在忽然停止战斗的战场上。

我没有从这样的经历中得到任何正面的影响。

38
轮回

　　一个男的从树上掉了下来。这种掉下来一点儿没有戏剧性也没有诗意，就是一个家伙的安全绳突然断了，于是他就掉到了离地面还有 12 米左右的地方。已经接近傍晚了，仲夏，天气热得要命，还有南方特有的潮湿。一秒钟之前，他还在离他自己的祖国几万公里，中间隔了许多国家的一块被人遗忘的山坡上砍着一棵死掉的树，现在他全身是伤地躺在地上。他没有保险、没有合法的身份，甚至不懂英语。他身下的坡非常陡——一个贫瘠又杂草丛生的小沟——也许就是这样的地形救了他，但也让我们的救援不那么容易。尽管他的安全绳断了，但电锯没有断，当他着地的瞬间，电锯碰到了他的脸，从一只耳朵割到另一只耳朵，像是一个不整齐的笑脸。皮肤、肉、有力的颚肌、牙齿、舌头和脸颊的骨头——所有都被搅乱了，以一种很恐怖的样子挂在同样已经是一团糨糊的嘴巴下面。

我们到达现场，停好车之后就往山下爬去。我的搭档和消防四人组——都很怕蛇——像穿过雷区的士兵，小心翼翼地爬过杂草丛。而我？好吧，我有那么一会儿心不在焉——心思完全不在杂草里，不在这座小山上，甚至是接近铜头蛇的紧张感，全都不存在了。相反，我回到了1997年7月——或者，应该说是当时的阴影里——我正在离一个小岛十多米远的地方浮潜，这个小岛离查尔斯顿不远，其中一个团员在海湾那里撞伤了脸部。而后我的思绪又转移到了在技术学校上课的第一个晚上，我坐在椅子上。我盯着崭新的急救课程教科书上的图片思考着我能干这个吗——真的能吗。

　　我迷失在自我怀疑和致命的挫败感中，直到看见伤者，瞬间我就回到这里。全世界都不见了，没有任何提示的，我们就掉下了十多米深的地方。眼前就是一幅口腔创伤的惨烈画面。无法寻求其他人的帮助，也没有人来带领这个伤者到更有能力的人那里去。这么多年来，我最害怕的任务终于来敲门了，除了好好地完成它，还能做什么呢。

　　我伸手拿过吸引器。

　　你根本无法想象嘴巴里会有那么多的牙齿，当它们全被打散露到外面的时候才看得见。还有舌头——平常不过就是那个样子——一旦被切成两半的时候，它就有了一个看起来很恐怖的双胞胎兄弟。口腔里有超过你想象的血，我们把他捆到背板上，然后沿着陡峭的山坡把他拉上去，但拉几步就得停一下，要把涌出来的血吸一吸。血是那么的多。我猜想他是在说话，或者也没说。可能是在说西班牙语，也可能就是嘟囔着。终于，他被放到救护车上的担架车上，赶往医院。

接入氧气，之后是不停地吸血、吸血。我拿不了那么多的血了，于是把整块背板推到左边，他就不说话了，也不嘟囔，什么也没有了。我把他翻动了一下，他活了过来，血又涌了出来，更多次地吸血。救护车的地上都是牙齿。我们总算到了，穿过大门和伤病分检区，一个护士在后面喊着把他送到创伤二室，外科医生在那里等着。医生们看了一眼就把他带走了，直接去了另一层楼的手术室，在那里他们可以把这些肉一块一块理清楚，然后开始重建这一张被损坏的面部。

到那时，我已经离开，和一个名叫埃罗尔的急诊室技师聊着篮球，聊着勒布朗，谈天说地，就是闭口不谈那个急救任务。这种感觉直到我终于完成了多年来我一直不想接的任务之后才出现，多年来的紧张感已经不再属于我，现在的我只是很好地完成了自己的工作。事情偶尔会有它的轮回，有时候在开始的时候问出的问题到了最后才有答案。就是它——这个急救任务。这个任务终于来了，我出现了，没有慌张，没有出错，没有怀疑。救护车里和这张恐怖而变形的脸在一起的就是我。

我真想说这个任务实在太完美了。

39

走了太久

　　我儿子六周大的时候生病了，开始只是发烧，后来发展成肺炎，必须得住进重症监护室。后来他康复了，小孩子都会这样，只是他的肺部和之前有些不一样了。7月他又病了一次，8月也是，接下来的几个月都没逃过，11月初的时候他直接晕过去了。肺炎专家建议不要送他去托儿所了。我改成兼职的医护人员，就好像我从来没有做过全职的医护人员一样，那个决定是那么轻易、那么显而易见、那么偶然，就像从来没有发生过一般。某天早晨醒来，我就成了全职爸爸，一周只有几个晚上在救护车上。

　　我只做晚班，这也就意味着早上5点我可以到家，睡上一小时之后就起床照看九个月大的孩子。每周我工作的日子会不一样，时间上差别倒是不大，这样的变化使得以前已经忘记的人又重新回到我的生活里。当我去探望老搭档和老朋友的时候，我意识到曾经拥有的新鲜感，现在已经沉淀了；许多曾经很好的感觉，现在已经消失不见了。曾有那么一会儿我迫不及待地想要回到一切都是既新鲜又好玩的旧时光里。但是成为新人和感觉新鲜是有差别的，那种兴奋的感觉会渐渐消失。

2011 年 12 月，萨布瑞娜又怀孕了，第二年 8 月，第二个孩子降生。一小时的睡眠之后，我需要面对的是两个孩子，于是我把每周工作三个晚上减为两个晚上。偶尔我只工作一个晚上。

早在急救学校的时候，我的导师就说过感到紧张是正常的——当一个情况危急的任务来临时，我们应该感到兴奋，也许还有点害怕。当我们到达现场、在救护车里甚至是事后，病人已经不在我们手上的时候，我们还是应该有旺盛的肾上腺素分泌、加速的心跳以及高度集中的精神。他说这种感觉可以让我们避免失误，让我们保持清醒。当这种感觉离开的时候，我们也到了离开这个行业的时候。

这种感觉也许离开我已经有一阵子了，但我没有意识到，直到我跪在一个两层楼公寓的阳台上时。我们正位于这个城市最糟糕的地方，这个我已经因为千万种原因来过千万遍的地方。已经是午夜了，舒适的温度让我和那些疯狂夜晚联系在一起。我曾经那么深爱这样的夜晚、这样的任务，但今晚，奇怪的事情发生了——我哈欠连天。一个五十多岁的妇女和错误的男人通奸，在床上被逮了个正着，然后被棒球棍打伤。打她的人是她女儿，而那个男人是她的女婿。到处都是警察，邻居们都凑过来看热闹，把警察拉起来的警戒线都挤松了，头顶上的直升机把空气搅乱了，它正把探照灯照向树丛。鲜血溅在墙上，地上也是一摊一摊，人们尖叫着，一卷绷带从我们的包里滚了出来，挂在了栏杆上，随着微风拍打着。那根棒球棍就在我脚边。

现场一片混乱，还有情绪不稳定群众潜在的暴力威胁。警察、新闻记者还有情况严重的伤者。然而，我几乎没有精力关注这些。没有肾上腺素也没有高度集中的精神。我就是一个有经验的手艺人在完成自己的任务，轮班结束之后，打扫救护车然后打卡下班。我醒来的时候萨布瑞娜在厨房，我走下楼，她微笑着问我今天怎么样。

"我想是时候辞职了。"

她点了点头，仿佛很久之前她就知道会有这么一天。

有孩子在家的话很难进行严肃的讨论，于是萨布瑞娜和我把孩子放到车上，我们开着车在城里瞎转。

"我觉得这是正确的决定。"萨布瑞娜肯定了我想辞职的想法。

我不确定自己想要什么反应——也许是反对，或者是沮丧——但我绝没想到是这个结果。我以为她会问我那我将来要干什么，怎么挣钱，怎么为这个家做贡献。这么些年来全靠她才使这个家庭能一直维系下去。是的，靠她来写支票付账单，甚至是我透支的银行卡最后都要交给她来解决。绝不止这些，她是实际付账单的人——虽说是我们共同的钱，但其实都是她的工资。我生活得不像一般的医护人员，我的房子、假期、车，甚至爱吃的龙虾，几乎全都要靠萨布瑞娜来支撑。她很多的同事觉得她太亏了，其他的人则是嫉妒——怎么还有人长大后想在办公室工作啊？她已经背负家庭的重担太久了，我不能想象她还能同意我做得更少。

但她看待这个问题的角度不同，一直以来，她都是一个人。

那么多年来，在我工作的期间，我们就像是只在夜里相遇的两艘船，相互之间的交流只剩下手写的便条——曾经一度口吻还很挖苦——每天就是在本子上草草地写几句，然后留在台子上。每一张字条既是告诉你要做什么，是情书，同时也是死亡威胁——在不完美的字迹中探寻婚姻。

如果洗碗机装满了的话请启动它。

你喜欢那种嘴型上肥厚的嘴唇吗？

感觉有信心吗？

也许吧，想你。

我不怪你，我开心着呢。

弄死你。

爱你。

我也爱你。

绝大多数时候她不知道我在做什么，都靠猜，她自己会在脑海里绘制一个摸彩口袋，想象着我完成的那些任务是不是很奇怪或是很恐怖，以至于我都不敢告诉她。就像有一次，广播里传来调度员的声音说我们错过了出事地点，我们回应说我们知道错过了，因为现场还在枪战中，如果她能告诉打电话的人放下枪，那么我们会很乐意回去。我们还走进过很多居民的家里，和那些发飙的人搏斗。可恶的邻居、被遗弃的建筑、流弹、肮脏的针头、隐藏在暗处的危险、可怕的事情，我们都一一见证并一笑了之，但这些确实会在我们心里留下痕迹。

一天，她的电话响了，是我打去的，我让她赶快看电视。我们本来都要出发去查尔斯顿了，但我还在市中心的法庭那儿，至少电视上拍到我在现场。一名法官中了枪，同时中枪的还有一名警察，也许有两名。有人在停车场被袭击，而枪手——依然还持有武器，还在继续制造受害者——他也在停车场。

各位，婚宴我们会晚到一会儿，是的，又是因为哈的工作。

我们的朋友吉姆成了我不在时，陪伴她参加晚上各种活动的替身，各种晚宴、看电影、各种聚会。她会出去放松自己，喝一杯，拥有自己的生活，但她总是能够理解我就在不远的地方——在糟糕的居民区里执行糟糕的任务，度过糟糕的夜晚。所有的假期她都是和其他人一起度过的。有一年的除夕夜，在大家举杯庆祝之后，迪克·克拉克的节目还没结束之前，我打电话给她说我刚刚处理完一个糟糕的任务。有几具尸体，其中一个的内脏都掉了出来，各种器官散落在地上。她从我的语调里听得出我很难受，但她离得那么远，什么也做不了。我告诉她午夜的时候打电话给我，她说"都已经快 1 点了"。

"哦，好吧，新年快乐！"

我们行驶在大街上，亚特兰大的样子缓缓地掠过我们的窗前，她说最近她总是处于和以往不同的孤独中。

是的，她认为我会从报纸上把讣告剪下来放进文件夹的这种癖好有些令人毛骨悚然，但她觉得一直以来我没有本质上的改变。她说我总是认为自己无所不能，尽管这不是因为我很有勇气。在她看来，我的这种自信是用钱买不到的，而且像梦想家一样从不沉湎于过往。死亡也好、死去的人也好，压力之下一直存在着的妥协威胁，她认为都不会影响到我。

"你过得太开心了，"她说，"确实是，我不知道，你就像是喜欢冒险的青春期少年。"

听起来的确是这样。

她从没想过我会以这样的方式从事医疗工作，但让她惊讶的是我对待病人的态度。

"还记得简吗？"

我笑了，简是一个无家可归的女人，吸毒的妓女，也是救护车上的常客。有一天我们无意间碰到她，我们当时正参加佐治亚理工学院的车尾聚餐活动，她正好在翻垃圾桶。简直接朝着我们走了过来，像是我们的老朋友一样，她甚至还知道萨布瑞娜的名字。

"从她看你的眼神里我可以知道，"萨布瑞娜说，"你救治她的时候是带着尊敬，你有很多优秀的特质，而这份工作让它们显现了出来。"

我们又默默地开了一会儿车，她很礼貌体贴地没有提及简的男朋友，那个扎着马尾辫的男人，那时也在场。当时发生的事已经成为我们朋友圈里的笑话了，马尾辫冲萨布瑞娜点了点头，然后说："记得喊我，我一定能让你赚大钱。"

过了一会儿，萨布瑞娜说有些事已经开始变了，我曾经一度很渴望工作，而现在我不再对病人有兴趣。夜晚、周末还有节假日，当我工作回来之后，我再也不想提及他们。如果今天再次遇到简，我还会这么友善地对待她吗？这个问题的答案并不简单，因为曾经在我心中的那种感觉已经不在了。也许不是永远地消失了，但在我恢复自由之前肯定是找不回来的。在这期间，我变得不同了，而萨布瑞娜依旧孤独。

我之前从来没有这样想过，我就是一个喜欢不断推进到生命黑暗边缘的家伙。我从来没有想过，在这个旅程中，我并不是孤单一人，整个过程萨布瑞娜都一直在那儿，那也是她的战斗。这个职业毁了很多人的婚姻，而我们熬过来了，因为我们没有秘密——主要是我的秘密——现在萨布瑞娜也卸下了防备。

对于我们俩来说这是漫长的十年，是时候回家了。

"我觉得该辞职了。"她说。

我点点头，仿佛早就知道她会这么说。

　　很偶然的，在我递交了辞职报告之后，居然得到了六天的假期，这让我有足够的时间思考，想想我到底做了些什么，经过了这么多，是不是离开的时候了。做出这个决定一直让我感觉很不对劲，直到第二个星期我再次回去工作，救护车上的味道，刚刚熨平整的制服上的折痕，靴子发出沉闷的声音——所有的一切都在告诉我该离开了。格兰迪也处于巨大的变革之中——员工也好，经营理念也好，都在改变。他们更换了制服，我那个时候的浅蓝色制服已经被淘汰，现在变成了灰色衬衫和黑色长裤。看起来一点儿也不像是格兰迪的制服，给所有新员工发的都是这种灰色衣服，现有的员工则在他们年度考核的时候更换为新颜色的制服。老的蓝色制服一个接一个地不见了，我是最后交出制服的人。我想在最后一天的工作中仍然能穿着这件褪色的蓝色制服。

　　并不是这件制服让我显得格格不入，在格兰迪两百多名员工里，我是其中最资深的十个医护人员之一，这有些让人难以启齿。当我刚刚到格兰迪的时候，我应该是路上跑的医护人员中最没有经验的。那些刚开始我认识的以及一起工作过的人都已经离开了——他们有的去了其他的急救中心，有的去了护理中心，有的去了医护学校，有的转了行。我的长期搭档里没有一个留下来，一个受了伤，两个被辞退，还有一个辞了职。那些我仰慕的医护人员也全都离开了。其中一些成了主管，其他的都散落各处。格兰迪开办的早期，亚特兰大还是个乱糟糟的城市，需要一些能力很强的人来运行急救服务。当我加入格兰迪的时候，第一代的急救人员已经离开了，但他们的徒弟还在，把他们的风格继承下来并传承给我们。

相较之下，这些刚刚开始从事这份职业的人要比我们以前容易一些了。他们现在所服务的城市比之前要优良多了，他们永远也不会知道那些被拆毁的建筑。他们不会知道那些老的救护车是什么样子，也不会知道没有 GPS 定位持续追踪的日子是怎么回事。他们被聘用的时候，医院的 CEO 已经把病人称作顾客了，他们在新的大楼里工作，再也不像前些年那样，逼着他们上班的时候要从格兰迪的那些疯人面前走过。他们来的时候，我们已经有了自己的油库，所以他们永远不会知道用偷来的油驾驶救护车是什么感受。我确定他们都是很不错的，但他们还是有所不同，在这行还很新，他们中的绝大多数不会知道——还不知道——什么时候怎么样向规则屈服。

最终，只剩我一个人，我比大多数的新人都年长，有更多的经验，也更愤怒。是的，但同时也更放松，当所有事情走偏的时候我更容易微笑面对，因为我明白有时候事情就是会出现问题。当我环顾四周，我没有看见任何熟悉的面孔，我看到的人都是那么年轻，那么充满干劲和学习的欲望，和十年前的我做着同样的事情，而当时我遇到的那些人都已经离开，我成了古董。

我最后三次轮班的前两次是和一个刚刚开始他职业生涯的家伙一起搭档。我的最后一周是他的第一周。他 23 岁，胡子刮得很干净，靴子是新的。我们一起出勤的第一个任务是处理一个严重哮喘的病人，这是我最喜欢的任务，因为这是真正危及生命的救援，我们可以通过自己的能力把病人从生死边缘拉回来。我从以往的经验当中掌握了很多的窍门，一些是在用药上，一些是在运输过程中。我身边这个新人所做的都是从书本而来，那些理论上是正确的，但不适用于病人的东西。当人们不能呼吸的时候，本能地就会想要双脚踩地，于是我就教他怎样侧身运输病人；我教他怎样把类固醇滴进病人身体而不是一股脑地直接采用静脉注射，因为直接打进去会让病人的胯部感到疼痛；我教他怎样在不中断供氧的同时把雾化器装满；我教他要问什么问题，怎样问。我把我知道的所有都教给他。

当所有这些做完的时候，病人开始呼吸并且能够讲话了，他冲这个新人点点头，告诉他要听我的，因为我知道我在说什么。这句话其实适用于很多人——真的，任何一个有经验的医护人员都会这样做——但让我显得特别的是因为我就要离开了。再过几天，所有的这些知识就会被封存起来，渐渐地，总会在某个时刻完全消失。从那个时候起，我不停地跟他说，我不确定他能听进去多少，但这么多年来我所学到的就此消失的话那就是种浪费。他有些疑惑，我看得出——新人总是这样——但他所听进去的东西都会对他有用。我知道的，因为我也曾经是新人，也同样有些懵懂。

我最后一次轮班结束在凌晨5点。当我们返回格兰迪医院的时候，我打扫了救护车，确保为下一个员工把所有的物资都补充好。我进去的时候没有人，没有说话，没有人告别，没有注意到我要离开了。我看了一眼那些救护车、那些仪器设备，闻到了消毒液的味道，听到柴油发动机的低鸣，所有的这些都曾是我生命中的一部分，但它们现在都不是了，我打了下班卡。当我回到家的时候，我完全记不起那天晚上所执行的任何一个任务。

　　最终我没有被炒鱿鱼，我没有搞砸事情，也没有被轰走或是气愤地摔门而去。我没有受过伤，最后还需要忙于工伤补偿，我也没有被提拔离开过救护车。我甚至没有真正地辞职，我从全职再到兼职再到偶尔工作。我的离开没有被察觉，也没有被宣告。最终我没有死去——只是渐渐消失。

结 / 尾

终于结束了。

救护车、搭档、病人、疯狂——都成了回忆。有了那么多的改变，而我还在这里，又回到了起点。那些现在才认识我的人，会问我那是一种怎样的生活。他们问我目睹过多少次死亡，接生过多少个孩子。他们想知道我有没有恶心呕吐或者害怕或者惊慌失措过。他们问我见过最糟糕的事情是什么，还有救助孩子们是不是很困难。他们问我怎么加入这一行的。他们问了所有的事情，唯独没有问我为什么坚持下来。仿佛最初加入的决定就已经解释了原因，十几年后，我依然可以坚持着。但现实并不如此。我回想当初，无论是什么让我上钩的，那些计划也好、希望也好、浪漫的理想也好，从来不会持久。也许它们当初是那么正义、那么真实，但它们也不可能逃出救护车生活的现实。工作的时长、收入、持续的受伤威胁、一袋袋的污物，那些不穿制服的人永远不会明白的事情就是我们在做的。

起初，满脑子都是警笛、英雄、救命。几年之后，我开始讨厌警笛的声音，我救人命，但永远救不完，我确实做了一些英雄做的事，但从来没有一次感觉自己像英雄。所以为什么留下来？

从急救学校的第一个晚上，到我每一次轮班，这一路下来，甚至我现在回想起来，那个问题始终一致：我为什么在这儿？这是一个复杂的问题，却有着直接的答案，尽管在我辞职和离开之前我还不太清楚。人们说当我离开以后一定会想念这份工作，因为心里会有个洞，觉得空虚，难以形容也难以填补。他们说我一定会感受到的，每一天都会，那种感觉很能会把我又带回来。这确实有道理，我见过许多没有两手准备的人——那些在救护车里成长的人，其他什么都不会——在救护车上感到筋疲力尽之后选择离开，最后还是只好又回到这个唯一让他们感到是家的地方。

这些又回来的人被贴上了"翻新"的标签，当被问及为什么又回来的时候，他们会说因为他们想念医疗救援：静脉注射、药物、能力，从多年的经验里获得的不容置疑的自信，这些都使得他们不会有更好的去处。结果就是，在现实世界里你不会有机会把呼吸管送进一个将死的女人的喉咙里。当你拥有一份普通的工作，没有人会在土地上被枪杀或是在县监狱里不停地发作癫痫；没有人会把柔弱的孩子交到你的手上，不光是把他们的信任，更是把他们的全世界交到了你的手上。那是一种奇妙的愉悦感，不只是因为你做了这些事而且做得很好，更是因为你知道，你还会继续被安排完成这样的事。

诚然，这不是我会怀念的。坦白说，我也不确定那是其他人所怀念的。的确，医疗救援就是一个抽奖活动而不是一场表演。每个没有离开的人以及曾经离开现在又考虑回归的人都知道，还有其他更好的地方——更好的薪水——几乎其他所有的医疗领域都比这里好。所以为什么留下？因为现代社会是有序而实际的，太阳的升起和落下，账单的到期，公交车启动的线就画在那里。但那并不适用于每一个人，我曾经意识到这点，但那时还很难离开。今天，离我所坐不远的地方，整个宇宙会挂上挡位，发生翻天覆地的变化。把救护车停在某处的员工会知道，他们正等待着。

所以，医疗救援的确很伟大，但自己明白就好。我想念的其实是那种疯狂。我想念晚上出勤，载着那些死去的、正在死去的、喝醉的、发疯的、愤怒的、需要帮助的和以为自己需要帮助的人在大街上狂奔。我想念远处的枪声和发现警察之后毒贩子渐渐消失的叫嚣声。我想念在破旧的汽车旅馆里和疯子的扭打，我想念吸毒屋和流浪汉睡的房子，还有枪击现场的混乱。我想念天黑之后的建筑。我想念责任感、荣誉感、幽默感以及把自己弄丢在一个奇怪的世界的迷失感。我甚至想念犯错时的恐惧感。无论是什么原因把我们带到这里，却是其他的原因让我们继续留在这里。

人们总是喜欢说这需要特定类型的人才能做这份工作，一种特殊的人。也许他们是对的，但并不是他们想的那样。医护人员不需要是个英雄或是坚韧的人甚至不需要是个好人。他们只需要享受这份疯狂。碰到枪击或是有人尖叫或是房屋着火或是有人在乱糟糟的地方晕倒，一般人的反应会是赶快躲开，退后一步，也许不见得就完全不管，但肯定不想牵扯其中。但说实话——除了驾照和高校文凭——这就是这份工作所需要的，当我们很清楚应该走开的时候，依然愿意没有任何保护措施地走进现场。一种想要参与其中的愿望，但很多时候，只是见证者。

所以为什么医护人员要在这里？因为惊慌失措和死亡，接近死亡，甚至是你自己的死亡，这是一种特殊的毒品，无论是不是这些受伤的、生病的还有绝望的人想听到的，那些出现的人完全只是因为他们喜欢这份工作。那些灾难，甚至只是很小的灾难，都意味着自由。放宽规则、打破规则、漠视规则的自由。也许我根本都不知道这些规则，一路走来我自己建立规则。那些留下来的人就是喜欢那些时刻以及那些时刻所伴随的一切，甚至是那些艰难的部分。

终有一天也会轮到我，任务会被派遣，警报会被拉响，救护车为了我的生命而奔驰。六分钟之后，在天气和距离允许的情况下，两名医护人员会走进我家的大门。经验已经教会我，他们会找什么，会怎么反应，那些他们需要考量救不救我的因素。这些，至少，都已是命中注定。

这个急救员，这个在我临死之前出现的急救员，会因为跟我有着希望出现在你面前同样的原因而出现。

因为那很有趣。

致／谢

致佩佩（萨布瑞娜小名）——感谢你从 250 个房间里正确地选中了我的这间；感谢你说服我可以以写作为生；感谢你相信我并坚持让我辞职从头再来；感谢你当我们在中国走丢的时候，虽然你很紧张但一点儿也不生我的气；感谢你一直在这里带领我；感谢你对这个全世界都认为不值得的男人有着坚定的信心。只说感谢是远远不够的，但还是要谢谢你。我爱你。

我欠爱丽丝·马爹利太多了。当你看到这本书的时候，你就一直对它有信心，从一开始就一直给予我极大的支持和清晰的指引，是你让梦想成为现实。还有里克·霍根，你从开始就一直明白我到底想要做什么。如果没有你专业的帮助，就不会有这本书。

致丹和乔恩，和我一样热爱这份工作的疯狂。致尼克，是你鼓励我把这些写下来——我很感恩。致我其他的急救家庭的成员们——我认为和你们一起工作是我极大的荣耀。这么多年来，我经常回想过去，这份工作充满血腥和惨叫——还有很多难以忍受的恶臭——我敬佩你们的勇气和奉献精神。请注意安全！